LA DÉGUSTATION

Né en 1949, d'origine bretonne, Yann Queffélec s'initie à l'écriture en lisant en secret les manuscrits de son père, le romancier Henri Queffélec. En 1978, il décide de devenir écrivain après sa rencontre avec l'éditrice Françoise Verny. *Les Noces barbares* est couronné du prix Goncourt en 1985. Queffélec a publié depuis plusieurs autres romans.

YANN QUEFFÉLEC

La Dégustation

1973-1974

ROMAN

FAYARD

Une première version de ce roman a été publiée en 2003
par le club France Loisirs.
La présente version, notablement modifiée,
en constitue l'édition définitive.

© Librairie Arthème Fayard, 2005.
ISBN : 978-2-253-11920-3 – 1re publication LGF

A Daniel et Michèle Sottani,
mes amis niçois.

L'Histoire est moins faite par ceux qui la font que par ceux qui la racontent.

Friedrich HEGEL.

MICHEL

1.

Prénom. Si Ioura ne s'était pas mise à parler dans son sommeil, ce roman serait sans doute une autre histoire et n'aurait d'ailleurs aucune raison d'être conté.

Le 2 avril 1973, Michel Duval épousait civilement Ioura Sabatier, vingt ans, la fille d'un ami. Il était conscient de perpétrer un forfait. De baguer une petite vierge expiatoire qui ne savait rien de lui ou ne voulait rien entendre. Quand d'une voix ferme elle eut répondu oui, quand les dés en furent jetés il se retourna. On se bousculait sous les hauts lustres du salon d'honneur, tout Nice applaudissait mais, au premier rang, une chaise était vide. Quelle maman viendrait à la noce de sa fille unique et pré-férée avec un homme qu'elle croyait pendu ?

— Elle n'est pas là, murmura-t-il à l'oreille de Ioura.

— Je la hais, fit-elle aussi clairement qu'elle avait dit oui.

Il croisa son regard, les plus beaux yeux du monde, bleu nuit, bleu couchant, irréels dans ce visage rieur et blond. Cette gamine était sa femme à la vie à la mort.

Ayant signé le registre d'état civil, Michel entraîna sa jeune épousée vers l'escalier, et là, profitant d'un angle mort sous une Marianne aux yeux plâtreux, il l'étreignit, la mangea de baisers, soulevant la toilette nuptiale et cherchant sa peau nue. Mais qu'il est bon, le corps des filles, et quel paradis leur salive.

Dehors il faisait chaud, les vignes en profitaient. Le photographe, un étudiant fauché, les mitrailla comme deux stars, bourdonnant autour d'eux, ne les lâchant plus. Il prenait son rôle au sérieux, l'animal, un peu trop... Et ce zombie squelettique au poil roux était engagé pour la journée. Mieux vaut encore Gérard, pensa Michel en voyant son beau-père venir à lui.

— Appelle-moi papa.

L'ancien bellâtre embrassait d'une même accolade l'épouse et l'époux. Il éclatait dans un costume blanc, la boutonnière fleurie. On déplorait sa sentimentalité, son rire.

— Où est Miriam ?

— A l'hosto la belle-doche, perfusion, lavage d'estomac, cure de sommeil... Je blague : elle dort dans la voiture, mal au crâne, enfin tu vois... N'empêche qu'il y a du progrès.

Michel se rappelait sa demande en mariage. Il avait sonné chez elle à l'improviste, au culot. Trente ans s'étaient écoulés depuis la dernière fois qu'ils s'étaient vus, mais il l'avait reconnue, elle aussi. Elle le fixait avec horreur, incapable de parler, sa vieille bouche frémissante. Et soudain elle avait refermé la porte en hurlant : « Elle vous plaquera. »

Que lui reprochait-elle au juste ? Que pouvait-on reprocher à Michel Duval, dignitaire accompli, décoré ? Il était historien, éditeur, chroniqueur à *Nice-Matin*, tennisman émérite, producteur d'un vin réputé jusqu'à New York, rentier. Il faisait une sacrée fleur à cette famille en épousant leur Ioura, sans contrat s'il vous plaît. Et c'est peu dire qu'il n'avait pas d'ennemis, les plus beaux partis lui couraient après, le voulaient à leurs galas, tombolas et autres bals de charité. Ah, bien sûr, il avait été caméraman sous l'Occupation, ça pouvait jouer. Il conservait un stock de photos illustrant les moments ordinaires de la vie quotidienne en ce beau comté niçois, quand le loup y était. De quoi remettre à l'heure, sait-on jamais, la pendule amnésique de certains patriotes.

Le lendemain, sous la porte des éditions Eterna, il trouvait ce message anonyme en lettres carrées :

**MICHEL N'EST PAS
VOTRE PRÉNOM.**

C'était chose faite, il avait une ennemie.

2.

A quoi tu penses ? Après une dernière séance de photos à la plage, on se transporta chez lui, sur les hauteurs de Nice. Il aurait préféré le banquet nuptial du Negresco, mais Ioura tenait à sa *garden-party*. Et dire qu'il s'était juré de n'accueillir à Bellevue que les amis triés sur le volet... On se rendait là-haut par une piste privée longeant sur trois kilomètres un paysage de vignes, avant de serpenter au milieu des citronniers pour aboutir à la grille du parc. Ioura poussait des soupirs d'émotion à l'arrière du cabriolet Mercedes, son mari lui tenait la main. Il ne regardait pas sans malaise les voitures papillotées de tulle blanc remonter la grande allée du fort, brûlé en 1945. Il n'entendait pas le tintouin des klaxons sans revoir l'époque où Bellevue s'appelait *Kommandantur*, où blindés et motocyclettes roulaient au pas entre les palmiers, ici le poste de garde, là les chenils, les hangars, l'incinérateur, l'Adolf-Hitler Platz, la casemate où les maquisards, une nuit, avaient substitué les couleurs françaises au drapeau allemand, et là l'entrée des caves romaines masquée par le magasin des expéditions. Sur ces hauteurs déblayées, nivelées, vendues aux domaines après la guerre, il avait fait construire une villa traditionnelle ombragée d'ifs, avec piscine et jardins en espalier. De la terrasse on embrassait un panorama qui mêlait le bleu *mare nostrum* à des vallées plantées de vignes par nos premiers occupants, les Romains – forts comme les chleuhs.

— A quoi tu penses ? demanda Ioura.

— A toi.

Occupation. Sitôt arrivés, il confia sa femme à la bande d'étudiants venus soutenir la mariée. Tous ses copains de fac, et déjà bien allumés. Elle était ravissante, absolument. Divine, avec ses épaules nues et cette fleur à la ceinture. Une fée, c'est ça.

Il avait hâte de retrouver ses amis. Il avait lancé les invitations au petit bonheur, postant les lettres lui-même, sans grand espoir. Adresses périmées, cercueils, on verrait bien... Il allait d'un groupe à l'autre, cherchant d'éventuels survivants. Il serrait distraitement les mains tendues. Il ne connaissait pas le quart des personnes présentes, mais plus on est de fous mieux on noie le poisson...

Que foutait le poisson ?

Se retournant, il vit le photographe sur ses talons.

— Ça va comme ça.

— ... Ioura m'a demandé...

— On n'est pas au zoo. Et puisque vous avez soif, allez vous saouler la gueule au buffet.

Il suivit l'allée des tilleuls, et comme il approchait du tennis, il crut voir comploter des revenants. Trois enfants-vieillards, trois nains hobbitoïdes assis sur un banc, le dos ployé. Il y avait là Gino, le bottier personnel de Mussolini, jadis débarqué en sous-marin à la plage, Émile, ancien dessinateur à *Paris-Soir*, et René, fabricant d'ostensoirs pour sa Sainteté Pie XII. Oh, les débris... A l'écart, les reins étayés par une canne, Lucien taillait une bavette avec Denis, frêle pépère aux épaules tombantes. Toujours à la colle, ces deux-là. Ils s'étaient sucrés à mort grâce aux lois raciales de Vichy, produisant à la chaîne les étiquettes à valise imprimées, nom, adresse, personne à prévenir en cas... Et bon voyage au bout de la nuit.

Ioura fut à son côté.

— C'est des oncles à toi ?

— Mes ancêtres les Gaulois, fit-il en guise de réponse, et la prenant par la taille il la ramena vivement dans l'allée, loin des vieux tontons qu'il avait eu la faiblesse d'inviter, négligeant un détail : aujourd'hui ses ancêtres le débectaient.

— Les musiciens ont demandé à se doucher.

— Ça commence... Pour tous les autres la maison est fermée, la piscine trop chlorée. Ceux qui veulent se baigner iront à la plage. Et plus vite ils partiront...

C'est enlacés et flirtant qu'ils arrivèrent au buffet dressé dans la partie sud du parc, à l'orée des vignes. Contre la table, entre deux blonds genre armoires à glace, un personnage habillé de noir, tout en os, le crâne rasé, mangeait un œuf avec les doigts.

Edmond Zoff, intendant régional de police en 1942, aujourd'hui conseiller personnel du président Jean-Bedel Bokassa. Qu'est-ce qu'il fout là ? Qui l'a mis au courant ?

— Ma femme...

Tout en mastiquant, Zoff tendit mollement à Ioura sa main gauche, une main sans pouce, puis avançant une bouche luisante de mayonnaise, il lui planta un baiser au coin des lèvres.

— Content de te voir, dit-il à Michel.

— De même.

— On n'est pas nombreux.

— Nombreux, oui... Enfin, non... Depuis le temps.

— Ils se sont dégonflés...

— ... ou ils sont morts.

Michel croisa le regard de son ancien chef, des yeux vaguement asiatiques d'un bleu pâle et froid. C'était la même impression qu'à l'époque où, d'un simple coup d'œil, il le rendait fou d'angoisse.

— Elle ressemble à quelqu'un, dit Zoff.

— On en est tous là.

Ioura avait blêmi. Ça se corsait. Dans une seconde elle demanderait ce que lui voulait cet épouvantail et ce qu'il entendait par *elle ressemble à quelqu'un*. L'air indifférent Michel pivota sur ses talons, comme si quelqu'un l'appelait, et il se retrouva nez à nez avec Charles Espérandieu, son secrétaire aux éditions Eterna, aussi bavard que dévoué.

— On parlait de vous, mon cher... On n'embrasse pas la mariée ? Elle n'a pas une belle robe ?

— Très belle, monsieur Duval.

— Elle est coquille d'œuf, pour être précis. Comme vous le savez, je suis allergique au blanc. Elle vous plaît ?

— Je suis daltonien, dit Charles en regardant la pointe de ses chaussures.

C'était un être si pudibond qu'il se cachait pour essuyer ses lunettes.

— Vous êtes surtout vieux jeu et pour vous la mariée ne doit pas montrer ses jambes, admettez qu'elles sont jolies. N'êtes-vous pas en retard d'une révolution ? C'est grave, pour un historien.

— C'est vous l'historien.

— Oh, moi...

Michel disait n'importe quoi, devinant le regard cruel de Zoff fixé sur lui. Par bonheur Charles se mit à pérorer.

— S'agissant du vêtement féminin, spécifiquement nuptial, et ce, dès la guerre de 1870, la mode allemande avait pris les devants.

L'Allemagne était sa rengaine... Il connaissait par cœur des poèmes de Goethe ou de Heine, mais aussi des passages de *Mein Kampf* appris soi-disant pour se documenter. A vingt-six ans, bardé de diplômes, il vivait dans l'arrière-pays chez sa tante et passait tous ses loisirs à enquêter sur l'Occupation des années quarante, avec un penchant mal déguisé pour l'occupant. Le dimanche, il faisait des kilomètres à bicyclette, il allait fouiner dans les salles de ventes, les vide-greniers, les chartiers, les presbytères, il démarchait à domicile après la mort des vieillards, rachetant les correspondances, compulsant les mémoires, fracturant des bahuts vermoulus. N'ayant pas connu la guerre, il n'ajoutait foi qu'aux témoignages écrits et prétendait qu'il y avait eu plusieurs France à braver l'envahisseur : une assez hardie pour camoufler des armes, une autre pour résister dans la bonne humeur, en dépit d'un écrasement général, une autre encore pour allaiter les enfants juifs, et n'oublions pas l'armée des ombres, la bagatelle de cent trente mille jeunes gens dont beaucoup avaient péri suspendus à des crocs de boucher. Un IIIe Reich tout-puissant, un coq gaulois impossible à plumer, voilà comment Charles imaginait les choses. A se demander, en l'écoutant, si l'on n'avait pas lâchement rêvé les massacres et la débâcle, et comment tant de convois pleins à craquer avaient pris le chemin des camps. A se demander si la Collaboration n'était pas un piteux canular de négationnistes juifs.

Mais, tout fanatique de ses illusions qu'il était, Charles avait du flair. Il savait trier, lire, choisir. Avec son blazer noir marine et sa cravate fripée, son haleine au café, sa maigreur de coyote et ses cordes vocales de vieux prêcheur, avec ses doigts tentaculaires il en imposait aux plus méfiants et trouvait les accents pour requinquer les idéalistes foireux, ceux qui s'étaient rétamés sous les plis du mauvais drapeau. Il rêvait de publier un jour Christian de La Mazière, le Waffen-SS de la Charlemagne, à la fois sincère, courtois, repenti. Un collabo bon chic bon genre.

— Elle n'a que trop pris les devants, votre Allemagne, on a vu à quel prix... Tenez, goûtez-moi cet excellent Krug et portez-en un verre à ma belle-mère. Elle boude actuellement dans la grosse Taunus verte enrubannée que vous distinguez à côté du hangar. J'ai peur qu'elle attrape un coup de chaud.

Hissez-la sur vos puissantes épaules de troll et ramenez-la-moi.

Quelques instants plus tard Charles revenait bredouille, le champagne à la main. Il avait bien trouvé la Taunus, mais personne dedans.

— C'est la meilleure, s'écria Michel, on a volé ma belle-mère.

Il entendit alors un déclic et vit à deux pas la bouille simiesque du rouquin. Ce minus commençait à les lui briser menu.

2 CV Diane. La noce, d'un chic démodé, séparait les hôtes de marque et les gens du commun employés à Bellevue. D'un côté les vélums blancs, les nappes fleuries d'un couvert pour au moins deux cents personnes, de l'autre le banquet populaire à l'ombre des pins. D'un côté le grand ordinaire en tonnelets, de l'autre la cuvée spéciale en bouteilles millésimées 1973, avec le profil de Ioura en médaillon. Ici gobelets, là cristal de Bohême, hauts verres aux couleurs de fruits confits, et pour tous, servie dans des brocs, la belle eau fraîche anisée du puits.

Sur une estrade au milieu du pré, le jazz-band, uniquement des Noirs de Louisiane experts en rythmes d'avant-guerre, le yam, le swing et le big-apple, mais aussi le lambeth-walk à l'espagnole ou le boomps-a-daisy.

Au dessert, Ioura s'étant reprise à deux fois pour souffler les vingt et une bougies d'un gâteau babélien, Michel monta sur l'estrade et s'empara du micro : aujourd'hui son bonheur était double. A cinquante ans il fêtait son premier mariage, mais aussi l'anniversaire de sa jeune épouse. Elle était majeure depuis seulement quelques minutes et c'est en connaissance de cause qu'elle se mariait avec lui, en toute liberté. C'est donc un symbole de liberté qu'il avait souhaité lui offrir en signe de gratitude... Il tendit le bras vers l'allée des sycomores et l'on vit rouler sur le pré, décorée de ballons roses en éventail et poussée par quatre Noirs en smoking, une 2 CV rouge vif.

— Ce n'est que l'emballage, précisa Michel quand elle fut immobilisée devant la mariée. La surprise...

Il s'interrompit, intrigué par des éclats lumineux. Mêlé aux étudiants, le zélé rouquin continuait d'immortaliser la fête, mais ce n'était pas la mariée qu'il flashait à tout va, c'était Edmond Zoff et ses vieux acolytes.

— ... La surprise se trouve à l'intérieur.

Ioura fit le tour de la voiture et ne fut pas longue à brandir une paire d'espadrilles à lanières de ruban rose.

— D'authentiques tropéziennes, ma chérie, celles-là mêmes que Françoise Sagan, dans les années soixante, ôtait pour conduire pieds nus son coupé sport entre Saint-Tropez et Nice.

Le batteur roula du tambour et Ioura se rassit sous les applaudissements. Ce fut alors une fulguration bleuâtre au-dessus des vignes. De tous les coteaux qui descendaient à la mer s'élevaient des centaines de ballons pareils à d'énormes grains de raisin, cependant qu'un planeur déployait dans l'azur une étamine où s'étalaient ces mots :

BON ANNIVERSAIRE IOURA

Rolleiflex 35. Il cherchait sa belle-mère quand il découvrit le photographe au bord de la piscine, à poil et comme estourbi par une insolation. Ce fut à l'appareil qu'il le reconnut, toujours pendu à son cou, le boîtier dans une mare de sang. Mazette, un Rolleiflex. Beau matos pour ce peigne-cul. Il se pencha et perçut un souffle chuintant. Par où respirait-il ?... Les lèvres étaient collées, le nez écrasé, les paupières déchirées. Tout ça bien cuit par le soleil.

— Alors, fiston, dit-il en chassant les mouches, on voulait gâcher ma nuit de noces ?

Aucune réponse, il n'en attendait pas.

— Mon chauffeur va t'emmener. Si la police te pose des questions, un bon conseil, continue à faire l'idiot.

Il ouvrit l'appareil photo par acquit de conscience, et comme de juste il était vide. En bas la noce battait son plein, on voyait parmi les ifs les Noirs se dandiner sur l'estrade, les invités flâner, d'autres alanguis sur des chaises longues, un couple jouait vaguement au tennis, Ioura dansait avec son père. Une belle journée.

Étiquettes 1943. A la table des mariés, le cigare à la main, Edmond Zoff avait l'air de présider.

— Mon honneur, moi...

— ... s'appelle fidélité, chevrota Gino, le bottier du Duce.

— N'est-ce pas une devise de chevalerie ? demanda quelqu'un.

— Une devise éternelle, déclara Zoff.

Michel toucha la main de sa femme. Son honneur il s'en foutait et sa fidélité, désormais, s'appellerait Ioura.

— Écoutez bien, les jeunots, poursuivait Zoff à l'intention des étudiants qui les avaient rejoints. Il y avait un fort glorieux, dans le temps, là même où nous déjeunons. Buvons aux heures de gloire.

Tout le monde leva son verre après lui.

Ayant posé son cigare, il retroussa sa manche droite et, le poing fermé pour tendre la peau, il fit voir une cicatrice à la saignée du coude.

— C'est tout ce qu'il reste aujourd'hui du fort : un éclat de verre incarné dans mon bras. C'est peu, mais sans prix, j'en fais don à notre hôte... Tu le veux maintenant ?

— Rien ne presse...

Zoff sourit du coin des lèvres.

— J'y étais, quand il est tombé, j'avais placé les charges moi-même, quatre explosions en chaîne à dix minutes d'intervalle.

Et ce qui le réveillait encore après vingt-cinq ans, c'était le bruit des vitres soufflées s'abattant sur la voie romaine, un déluge de grêlons incandescents.

— Vous entendez ? dit-il en tapant du pied. Ça résonne. C'est plein de galeries, là-dessous. On pouvait nous bombarder on avait de quoi tenir. On récupérait des bouteilles en opérations.

— Quelles opérations ? fit un étudiant, mais Zoff ne releva pas.

— On barrait les étiquettes, on buvait, et celui qui devinait le nom des pinards se gagnait un petit lot, pas vrai, les gars ? On appelait ça jouer aux *étiquettes*, pas vrai ? Une étiquette, un petit lot... Même que des fois on était bourrés, on n'aurait pas fait la différence entre la pisse d'âne et la pisse humaine, pas vrai ?

Michel sentit planer un malaise. Le soir venait, les ombres s'étiraient, la musique se faisait dansante.

— Viens, dit-il à Ioura, mais à travers la nappe une main sans pouce lui saisit le poignet.

— Une seconde, les tourtereaux. Vous avez toute la nuit pour vous tripoter, pas vrai ?

Zoff partit d'un grand rire et les malabars qui l'accompagnaient présentèrent à Michel trois verres identiques à moitié remplis de vin rouge. Le même reflet ovale oscillait sous les parois, mais la couleur différait de l'un à l'autre : ocre, ébène, rubis.

— Allez, champion, goûte-moi ça. T'étais le plus fort aux étiquettes.

— Ioura va m'aider, elle a un nez incroyable, elle prépare un diplôme d'œnologie. Ce sera bientôt la première sommelière du système solaire !

— J'ai un petit lot pour elle, un aphrodisiaque infaillible – et Zoff tira de sa poche un lacet de cuir auquel pendait un mini-phallus doré. Si elle gagne...

Ioura se trompa les trois fois, et Zoff lui balança la *figa* sous les narines.

— Raté, dit-il en la rempochant, mais je suppose que vous n'avez pas besoin de ça. Qui veut essayer ?

Un professeur de physique à Valrose se risqua. Il commença par déclarer que l'on pouvait contrefaire chimiquement tous les arômes existants, et qu'à temps perdu il fabriquait du pastis dans son garage. Il eut tout faux : Zoff lui conseilla de contrefaire à l'avenir l'huile de ricin, une panacée laxative aussi reconnaissable au goût qu'un ver luisant dans le trou du cul d'un nègre. Et de préciser qu'autrefois les flics de Mussolini en gargarisaient les suspects ; ensuite on les baladait sur la voie publique pour distraire le peuple.

— Bois, dit-il à Michel après avoir essuyé le pourtour des verres avec son mouchoir.

Michel baissa les yeux. L'été précédent, ses pulsations cardiaques étaient montées à deux cent quarante-sept par minute. A deux cent cinquante, c'est la nuit des temps. Le régime qu'il suivait depuis bannissait la moindre goutte d'alcool. S'il en buvait une, il en boirait deux, il en boirait mille et l'euphorie tournerait au cauchemar, un cauchemar d'étouffement. Il trépasserait sans trouver le souffle d'un adieu. Rien à voir avec le tralala crépusculaire d'une agonie socratique, mais il y aurait quand même lieu d'inhumer, et, pourquoi pas, de verser quelques larmes sur la terre fraîchement remuée.

Trois reflets jumeaux frémissaient devant lui. Il respira un verre au hasard.

— Pour de la pisse d'âne, c'en est. La prochaine fois, mets tes verres à l'ombre et respecte mes papilles.

Zoff le prit mal.

— Et c'est quoi ? Est-ce que par hasard tu n'en

sais rien ? Ce n'est pas toi qui serais bon pour l'huile de ricin ?

— Ton huile aussi vire à la chaleur !... Quant à cette lavasse, elle est d'origine espagnole, et j'imagine qu'elle peut voyager sous le nom flatteur de pingus... un pingus au bord de l'apoplexie !

— Toujours aussi fortiche, ricana Gérard à moitié endormi sur sa chaise, la cravate relâchée.

— Suivant, dit Zoff.

Même nez puissant, même attaque désordonnée des sinus, même tiédeur embrouillant les arômes. Il fit semblant de mâcher une gorgée, la recracha dans l'herbe avec dégoût.

— Jus de chaussette, camelote américaine, un truc élevé par les chasseurs de primes. Il s'est chopé un coup de bambou dans la sierra, ton fier-à-bras ! Ne me dis pas que tu viens ici pour me faire avaler ce Viandox californien.

— Et le nom, baratineur ?

— Latin classique tendance péplum, c'est un domus.

— L'enfoiré ! bâilla Robert. Il a du pif.

— Ça, comme enfoiré ! fit Zoff. Il en reste un.

Il se pencha sur Michel qui grimaça, dégoûté par son odeur épaisse, un mélange de gardénia mûr et de chair en sueur.

— Goûte-moi ça !

A quoi bon ? Il connaissait par cœur ce nectar d'outre-tombe.

— Rappelle-toi, dit Zoff, tu parlais d'un disque rouge à la surface, tu nous embrouillais avec tes salades...

— C'est loin.

Il se revit petit garçon de blanc vêtu marchant par les rues sombres de Nice, tenant la main de son père, le docker émigré, l'homme fier. La nuit, l'homme fier faisait bouillir la lessiveuse à la cuisine, il repassait les vêtements comme il avait appris à l'armée. Il n'y avait pas intérêt à rentrer sale à la maison. A sa place, l'homme fier aurait brisé son verre à la figure de ce salopard, il les aurait virés, lui et ses deux gorilles.

Il tourna la tête et le sourire mélancolique de Ioura lui fit mal. L'homme fier avait toujours vécu seul, mais lui non, il était marié, amoureux et piquette ou nectar, ce vin rouge avait perdu son goût de sang.

— A ma femme, dit-il en portant le verre à ses lèvres, à notre amour, et vaille que vaille il se laissa dégringoler dans la mémoire.

— Alors ? fit Zoff avec son rictus ignoble, le cigare entre les dents, tu y es ? *In vino veritas ?*

Il n'y avait plus aucun bruit sous les vélums, la nuit tombait, les femmes de service elles-mêmes guettaient la réponse du maître.

Michel allait envoyer son verre au diable quand il aperçut Miriam. En manteau et chapeau noirs, elle marchait d'un pas vacillant à travers la pelouse, se cognant ostensiblement aux danseurs.

Arrivée à leur table, elle remonta sa voilette, révélant sous la lanterne un visage ratatiné, affreux de malheur et de mépris.

— On vous a cherchée partout, dit-il.

Elle était trop occupée à étaler le spectacle d'une

mère au supplice pour l'écouter. C'était sa fille qui l'intéressait.

— Je viens de là-haut, figure-toi. La baraque est fermée à clé, mais j'ai regardé par les fenêtres. Il a des Picasso, tu te rends compte ? Ah, je comprends pourquoi tu voulais te caser avec lui. Et tu vas vivre là-dedans ?...

— Maman...

— Ferme-la, ton père est saoul, ta robe est grotesque, et tu nous déshonores. Il les a eus comment, ces tableaux, son pinard ? En quelle année ? Ils sont à qui ? Tu t'es posé la question ? Elle est A QUI, cette propriété ? Avec quel argent il s'achète ma fille ?...

— Ça va, chérie, marmonna Gérard.

— Ta gueule, poivrot !

Elle balayait la table du regard, l'air halluciné, et soudain elle fixa Michel.

— C'était vous, n'est-ce pas, c'était vous ? Dites-moi que c'est vous et je vous pardonnerai, vous étiez jeune...

Elle s'accrochait à la nappe, si émue qu'elle en devenait aphone.

— Oh, je sais bien qui vous êtes, tous, vous n'êtes que d'anciens...

— Accouche, ricana Zoff, d'anciens quoi ?

Il prit son cigare, aspira et recracha sur Miriam un long jet de fumée.

— Vous êtes, s'étrangla-t-elle avec une expression désespérée...

Elle ne put former une syllabe de plus, les larmes jaillirent de ses yeux et le mot que tout le monde aurait pu dire à sa place lui resta sur la langue.

— Ta belle-mère ? demanda Zoff.

— Excusez-nous, éluda Michel.

Il prit la main de sa femme et l'emmena se perdre au milieu des danseurs. Des lanternes brûlaient de loin en loin, jetant de grandes lames de clarté, les rires fusaient sous les vélums. Il serrait Ioura contre lui et, le nez dans sa chevelure, il essayait d'oublier la saveur sinistre du vin qui restait collée à ses dents.

— Partons d'ici.

Château-canon 1941. Ils arrivèrent à la terrasse de la villa. Les bougies qu'il avait fait allumer dans leur chambre luisaient au fond des ténèbres. Sitôt franchie la porte-fenêtre Ioura lui posa un doigt sur la bouche, et sa robe parut glisser d'elle-même. Elle avait la peau moite, le souffle court. C'était la première fois qu'ils faisaient l'amour, la première fois qu'ils se voyaient nus, et Ioura n'avait jamais été pénétrée, chose impensable à son avis, du moins pour elle, si compliquée.

Quand Michel revint à lui, elle dormait dans ses bras. Ils étaient au lit, une dernière bougie brûlait sur le sol, des bouffées d'air frais apportaient du dehors les échos mourants du jazz-band. Il était amoureux d'un amour infini. Il se fichait des vieux crabes venus lui porter malheur à domicile, et s'abandonnait à la somnolence extatique du plaisir accompli, de l'amour donné, reçu, dans cette chambre où, chaque nuit, le remords lui faisait la peau.

— Michel, dit une voix ensommeillée, je ressemble à qui ?

— Pure méchanceté.

— A quelqu'un que tu as aimé ?

— Je n'aime que toi.

— Et les étiquettes, les petits lots ?

— Inexistants.

Ioura lui fit des baisers, elle avait les lèvres les plus excitantes qu'il eût touchées, interdites avant cette nuit. Avant cette nuit elle s'était laissé caresser les seins mais pas embrasser.

— C'était qui, ce type en noir, tous ces gens ?

— On ne les verra plus.

— Et cette histoire de fort ?

— Une bâtisse administrative, je t'en ai déjà parlé... Je n'avais pas un rond, je savais prendre en sténo et réussir des photos.

Il ne voulait pas lui mentir ni l'inquiéter.

— Et... le dernier vin que tu as bu ?

Il se sentit la gorge sèche.

— Je ne l'ai pas bu.

— Mais c'était quoi ?

— J'ai oublié.

— Oublié ?

— Oui, affirma-t-il, et, dans le noir, miroita un minuscule anneau rouge aussi brillant qu'une goutte de sang.

Elle ne dit plus rien, sa respiration lui courait sur la peau.

Ayant cessé d'entendre la musique, il alla regarder scintiller la mer, de la terrasse, et vit les points lumineux de Nice endormie. Calme olympien, silence ordinaire de la nuit méditerranéenne entre deux chaos. La fête était finie. Sur le pré, les musiciens en bras de chemise faisaient rôtir des viandes à la broche, ils riaient. Michel serait bien allé se saouler la gueule avec eux pour chasser la peur qu'il sentait rôder en lui.

Comme si l'on pouvait oublier le goût du château-canon 1941 quand tout flambe et que des enfants crient.

3.

Sèvres-Babylone 1943. Le voyage de noces les vit partager la pénombre de tous les wagons-lits du rail européen, notamment l'Orient-Express, train nostalgique chauffé au charbon où Michel attrapa la crève.

Par un soir d'octobre encore estival, après plusieurs mois d'absence, ils furent de retour à Bellevue. Difficile de dire si Ioura boudait ou s'avisait pour la première fois, en temps calendaire, qu'elle était mariée avec lui. *Sa femme.*

Le dîner fini, il la retrouva dehors, silhouette noire entourée d'étoiles, face à la mer. Comme il la rejoignait, il découvrit, posé sur la balustrade, ce qui semblait être un grand verre de vin blanc.

— Tu bois seule ?

Il obtint en réponse un léger rire teinté d'alcool.

— Je sais ce qui t'amuse... Tu veux déjà divorcer, tu trouves ça désopilant de plaquer un vieillard au cœur flagada.

Elle semblait ne pas écouter, elle regardait vers Nice. Un paquebot sortait du port en silence, une lanterne rouge mûrissait dans les ténèbres au bout du môle, se fanait.

— Tu es fâchée ?

— J'ai surtout l'impression d'être encore en voyage.

— Je m'épate, dit Michel... Avec tout ça on a manqué les vendanges.

Phrases de pacotille où résonnait l'angoisse de n'être plus des tourtereaux en plein rêve, mais deux époux face à la vie quotidienne. Qui fait quoi ? Qui va au marché ? Qui s'ennuie, reproche et menace de partir ? Qui fait du couple une guérilla sans merci ? Qui fait grief au conjoint d'un passé où il ne tient aucune place ? Et qui, le premier, se laisse désenchanter, qui renonce au désir ?

— C'est drôle, dit Ioura, on est allés partout sauf à Paris.

— Tu es sûre ?... Eh bien nous irons au printemps, ma beauté, pour ton examen de sommelière, si tu es toujours décidée. Mais Paris, tu sais... Il pleut, les cafards ont boulotté les deux tiers de la tour Eiffel, les pigeons ont des maladies honteuses et les gens doivent porter des masques à gaz pour circuler.

— A vingt et un ans je n'ai jamais pris le métro. Une vraie petite provinciale !

— Ma pauvre Zazie, le métro, la ville souterraine, les rats, les clodos, les maniaques, les drogués, la porcherie humaine au hasard des tunnels. Il a bien changé, ton métro. Et je ne suis pas sûr qu'il soit encore accessible aux enfants. C'est un coupe-gorge où les psychopathes se promènent la braguette déboutonnée. En résumé, je t'interdis d'y aller sans moi. Mais si vraiment ça t'intéresse...

En tant qu'éditeur, il pouvait avoir accès aux archives de la RATP. Il existait un vaste corpus de photos montrant les rues éventrées lors de la construction des tunnels. Depuis ce métro en avait vu de toutes les couleurs. Pendant la Seconde Guerre mondiale, il tenait lieu d'abri lors des attaques aériennes.

— Et le wagon de queue, dit Ioura, servait au transport des étoiles jaunes.

Il posa la main sur l'épaule de sa femme.

— Tu en sais des choses.

— Ma mère m'en a parlé. C'est dans le métro qu'elle s'est fait arrêter en 1943.

— Vraiment ?

— Par des policiers français... A Sèvres-Baby-lone.

Michel l'embrassa dans le cou.

4.

Rue Lou-Gassin. Le jour où Michel avait rencontré Ioura, moins d'un an avant son mariage, il sortait d'un laboratoire d'analyses. Il emportait le bilan d'un électrocardiogramme suggéré par le médecin. Son cœur battait irrégulièrement. Hypertension classique. Son père en était mort en faisant la sieste, un dimanche, allongé dans la cuisine, la seule pièce fraîche de la maison. Michel s'était aussi fait traiter d'alcoolique. Il avait appris qu'un foie humain normal peut filtrer jusqu'à trente mille litres de vin à douze degrés, après quoi il subit les attaques de la cirrhose, mal térébrant s'il en est, mal mortel. Il devait suivre un régime alimentaire strict et boire de l'eau, lui, le producteur du château-bellevue, l'original du métier, capable de surclasser les meilleures appellations du Vaucluse, mais aussi de jeter à la mer les milliers d'hectolitres d'une saison médiocre, en regardant toupiller les oiseaux ivres morts. Horreur ! Il ne serait plus jamais saoul la nuit, il ne prendrait plus l'apéro devant sa piscine, champagne, sancerre ou pastis, il ne goûterait plus le vin de l'année jusqu'à la folie, non, il aurait la santé chlo-

rophyllienne des rainettes au clair de lune et l'espé-
rance de vie à perpétuité du vieux con.

Il était midi. Il avait charitablement rendez-vous
au Sporting, pour déjeuner avec un type qu'il croyait
mort. Quand un copain se manifeste au bout de
vingt ans, c'est qu'il est aux abois. Gérard Sabatier,
autrefois jardinier du fort... Soi-disant il désirait lui
présenter sa fille, une étudiante en première année
de physique-chimie à Valrose. Elle avait besoin des
conseils éclairés d'un ancien de la fac. Soit. Au moins
ce serait vite expédié. Il avait horreur du Sporting,
l'une de ces gargotes à la plage où l'on mange des
calamars en boîte au milieu des corps tartinés au
monoï.

A table il garda son imper et commanda un parfait
au café. Il aimait ça, oui, avec un verre d'eau. Il
aimait aussi le chocolat chaud, les croissants fourrés
au miel, les loukoums.

— Et tu fais quoi, maintenant ?
— Représentant chez Guigoz, les farines lactées.
— Excellent pour mon régime.

A peine s'il entendit Gérard lui dérouler son boni-
ment existentiel : le boulot, la famille, les amis qu'on
perd de vue, une fille sympathique mais sans but dans
la vie, et, passablement soupe au lait, une épouse de
plus en plus maussade en vieillissant.

— Le mariage... soupira Michel qui ne s'était
jamais laissé piéger.

— Tu ne la reconnaîtrais pas.
— Je l'ai connue ?

Gérard sembla gêné par la question.

— Connue peut-être pas, mais vous étiez voisins, rue Lou-Gassin... avant qu'elle se fasse gauler.

Michel avala sa salive. A l'époque, il louait une chambre sur cour au-dessus d'une petite librairie d'ouvrages anciens. Il était pauvre, il faisait un repas par jour, le dîner, deux œufs-frites au bistrot. Et chaque soir il rentrait saoul. Un homme saoul n'est jamais un homme seul.

— Incroyable, dit-il d'une voix sans timbre, et donc Ioura...

— ... est notre fille à tous deux, le prénom de sa grand-mère allemande. C'est un peu délicat.

— C'est toi qui es délicat, dit alors une jolie voix acide.

Pour la première fois, Michel fit attention à l'adolescente assise en face de lui. Une gosse châtain clair en manteau de jean fourré d'acrylique bleu ciel. Elle détourna les yeux sous son regard, l'air renfrogné. Elle avait une bouche de poupée, des cils noirs. Ce ne fut pas seulement la jeunesse inachevée qui l'attira chez elle, mais aussi l'impression qu'elle ne voulait pas se montrer sous un jour flatteur. Et pas se montrer du tout.

— Bien, dit-il, soudain pressé d'être ailleurs.

Il se réveilla dans la nuit, le cerveau grouillant d'images, le Sporting, les poils bleus du manteau, le poisson flétri dans l'assiette de la fille, les spaghettis livides dans celle du père, le pichet jaune ébréché Ricard, la bouteille de rosé, cet œil de juge, mais de quelle couleur était-il donc, cet œil ?... Il s'était comporté comme un gougnafier en laissant Gérard payer l'addition. Il avait déclaré à Ioura, qui n'en demandait pas tant, qu'elle se ferait très vite des relations à la fac et que, pour sa part, habitant la campagne, il voyait mal comment l'aider. Elle pouvait toujours lui téléphoner si quelque chose n'allait pas ou monter visiter les caves de Bellevue, et bien sûr venir jouer du ciseau dans les vignes à l'automne, c'était bien payé... Joli prénom, Ioura – comment s'appelait sa mère, déjà ?

Le lendemain après-midi, Michel passa faire un tour à la fac. Le pavillon des filles était une bâtisse moderne à cinq étages dans les jardins du campus. Un peu plus loin, sur un beau gazon bombé, détonnait un château disneylandien flanqué d'échauguettes et de tourelles pointues, à l'origine la demeure de von Derwies, magnat des chemins de fer et moujik anobli par le tsar.

Il dut montrer patte blanche au concierge, donner son nom et répéter bien fort celui de Ioura Sabatier, pour être autorisé à monter. La chambre 29, au premier étage, était au bout du couloir. Comme il allait frapper à la porte il entendit rire, un rire bon enfant, complice.

— Salut, dit-elle en ouvrant, et il crut voir la jumelle heureuse de Ioura, une fille empourprée d'une hilarité qu'elle avait du mal à maîtriser.

— Excusez-moi, dit-il, je vous dérange.

— Excusez-moi, répondit-elle, c'est à cause des poissons-bananes, la nouvelle de Salinger.

— Pas lu.

Elle était en jean, avec aux pieds des chaussons verts à truffe de chien. En douce il regardait sa chambrette, un pêle-mêle de fille étalé sur le lit : vêtements, sous-vêtements, flacons, sèche-cheveux, transistor, peluches animalières et, par terre, un trognon de pomme en marque-page émergeant d'un bouquin.

— Monaco, ça vous dit ?

— Monaco ?

— Une petite corvée mondaine, je vous expliquerai. Ça ne vaut certes pas un bon livre.

— Je vous en prie, supplia-t-elle en fronçant les narines, et elle se remit à rire.

Quelques minutes plus tard, côte à côte à l'avant du coupé Mercedes, ils étaient pris dans une longue file au ralenti sur la corniche ensoleillée du Rocher.

— On va boire du champagne au Casino, vous aimez ?

— Je n'en ai jamais bu.

— Jamais ?

— Chez nous c'est bière ou thé. Et moi c'est thé.

Par moments, il voyait sur sa face un large sourire, un sourire au bord du gloussement. Elle pensait toujours aux poissons-bananes.

Arrivée sur place, ayant confié sa pelure acrylique au vestiaire, elle ne fit aucune manière pour accepter un verre de Perrier-Jouët. Elle était gâtée, pour son baptême, une cuvée Belle-Époque 1970.

— La bouteille est jolie.

— Elle est ornée d'anémones opalescentes, un

dessin d'Émile Gallé en 1902, céramiste et maître verrier, c'est tout ce que je peux vous dire.

— C'est bien assez, fit un colosse cramoisi, sanglé dans une veste de velours feuille morte à coudières de cuir, mais je me présente..., on m'appelle le Commodore...

Il était directeur des ventes chez Perrier-Jouët, c'était lui le maître de cérémonie.

— Alors ? dit-il à Ioura qu'il fixait avec une intensité farouche, on ne finit pas son verre ? On préfère le Coca-Cola ?

— Il a une drôle d'odeur, répondit-elle d'une voix tranquille, un peu comme la terrine de lapin, et elle s'éloigna vers le buffet, se frayant un chemin à travers une assemblée de représentants et d'hôteliers qui la suivaient du regard. Sans son méchant manteau c'était une autre personne, la taille haute, les jambes élancées. Et son pull noir avait le mérite évident de rétrécir au lavage.

— Votre nièce ?

— La fille d'un ami, une étudiante en chimie. Désolé pour cette histoire de lapin.

Le commodore souriait.

— On est loin des notes sensibles de miel ou d'orange auxquelles nous habitue la critique, mais je ne serais pas étonné qu'elle ait raison. La Belle-Époque demande à vieillir au moins cinq ans, question d'acidité. Votre nièce a le nez fin. Nous aurions sans doute intérêt à l'engager pour nos galas. De plus, elle est d'une fraîcheur exquise. Imaginez sur elle une robe longue vert jade, brodée d'anémones à la Gallé.

— Ce n'est pas ma nièce ! dit sèchement Michel.

Sa vie durant il avait passé pour un homme à femmes, le genre à séduire n'importe qui, les épouses de ses amis comme les vacancières, les serveuses, les prostituées, l'irrésistible tout-venant des filles. On ne prête qu'aux riches, et riche il l'était bien assez pour enflammer la rumeur.

Ioura surgit le feu aux joues, rapportant deux verres.

— J'en ai goûté cinq... Le meilleur c'est... j'ai oublié le nom.

— Veuve-Clicquot, dit Michel, se fiant à la pâleur fraisée du vin.

— Veuve-Clicquot, renchérit le directeur, la cuvée Grande-Dame. Des noirs blancs teintés au vin rouge. Les noirs blancs sont un mélange de raisins.

Ioura but coup sur coup trois gorgées.

— Ce ne serait pas du Heidsieck ? Il a un goût de mer.

— Après le lapin, la marée ! Ils seraient contents, chez Heidsieck. Ils vous paieraient pour imaginer les slogans.

Elle ne se démonta pas :

— C'est pourtant la cuvée 1907.

— Il est bien connu qu'en 1907 on faisait le champagne avec l'eau de mer écopée au soleil levant pour le blanc, au soleil couchant pour le rosé !

Elle attendit qu'il eût fini :

— C'est très sérieux...

D'après le serveur, on avait retrouvé dans la mer Baltique, par cent mètres de fond, un vapeur torpillé en 1916. L'épave contenait deux mille quatre cents bouteilles de la cuvée 1907, celle-là même qu'ils dégustaient.

— Bravo ! dit Michel, mais quand il voulut trinquer, Ioura écarta son verre.

Elle était superstitieuse. On ne portait pas un toast avec le vin d'un bateau dont tous les passagers avaient péri, des familles entières.

— Des chiens, des perroquets, des poissons-bananes, des canaris, des hamsters, on entendait sonner la cloche de détresse...

Par surprise, il fit tinter son verre contre le sien.

— Vous n'avez plus qu'à boire aussi, dit-elle d'une voix marrie.

Il croisa le regard de ses beaux yeux foncés, deux innocentes violettes.

— Bien sûr ! dit-il, et les vieux automatismes du mâle au pied du mur firent le reste : il avala une gorgée puis une autre, il vida sa coupe.

— Finesse de bulles, bouquet prononcé mais harmonieux, mer belle, rumeur océanique de type Valdemosa, coquillages brisés, on a bien fait de trinquer. Moi aussi j'étais superstitieux, à vingt ans.

Il n'était pas mort, son cœur battait normalement. Un serveur passant il reprit un verre et le sol se fit léger sous ses pieds, houleux. Dans la chevelure fauve de Ioura une oreille nacrée brillait.

— Ça donne faim, si on allait dîner ?

— Ce n'est pas raisonnable, dit-elle, merci. Ma mère doit m'appeler tout à l'heure et j'ai mon Salinger à finir.

— Raisonnable... répéta Michel entre haut et bas.

Il la raccompagna, il chantonnait au volant. Dans

la nuit palpitaient les loupiotes de tous les petits hôtels de la côte où ils auraient pu descendre, oublier ensemble qu'ils étaient l'un jeune, l'autre vieux.

— Vous aimez l'opéra ?

— Ça dépend.

— Une scie comme *La Flûte enchantée*, par cette andouille de Wolfgang Amadeus, ça dépend ?

Elle se contenta de sourire, silence moqueur. C'était déjà du gringue, l'opéra, et Monaco aussi, prudence. Une minute après Michel déclarait qu'il estimait raisonnable d'aller boire un dernier verre au Palais de la Méditerranée, et dans la même phrase il protestait qu'il était l'incorruptible vétéran auquel son père l'avait confiée – son raisonnable père, un ami.

— C'est à Nice que vous vous êtes connus ? demanda-t-elle.

— Il était jardinier à Bellevue, là où je vis maintenant.

— Pour les Allemands ?

— En temps de guerre on prend ce qu'on trouve, et jardiner ne fait de mal à personne.

— Et vous, vous trouviez quoi ?

— Sténo, photos...

— Pour les Allemands ?

— Ça m'arrivait, je leur tirais le portrait.

— Ma mère, vous l'avez photographiée ?

La question venait comme un cheveu sur la soupe.

— L'occasion ne s'est jamais présentée, non. Pourtant j'ai dû la croiser à l'époque. Après tout, nous étions voisins, comme vous savez.

— C'est la pire période de sa vie, elle n'en parle jamais.

A Valrose, il insista pour l'escorter jusqu'à sa chambre et la regarda sortir de sa poche une clé lestée d'un éléphant râpé.

— Je n'ai aucune idée de l'heure, dit-elle en souriant.

— L'heure est une mauvaise idée, tellement infidèle.

— L'heure n'y est pour rien.

Il y avait du mauve dans ses yeux bleu-noir, des yeux berbères.

— Vous vous êtes coupée, dit-il.

— Coupée ?

— La bouche.

Elle se passa la langue sur la lèvre supérieure où du sang perlait.

— C'est quand on a trinqué, j'imagine, le verre a dû s'ébrécher.

De nouveau la goutte de sang brilla.

5

Château-pichon-longueville-baron 1958. Le lendemain matin, il se réveilla d'humeur inquiète. Et si
par malheur il tombait amoureux d'elle ? La réponse
hantait la question. Amoureux, à cinquante ans, un
homme aussi prudent et fuyant. Amoureux d'une
jeunesse. Il avait pensé à Ioura toute la nuit, bruit
du cristal entrechoqué, goutte de sang. Arrivé aux
éditions, il laissa pour elle un message à la faculté
des sciences, une sorte d'ultimatum aussi jargonneux
qu'affectueux. Prière de se manifester avant midi ou
leur *Flûte enchantée* tombait à l'eau. Piteux... Il parlait bas. Il ne voulait pas que Charles écoutât ces
niaiseries. A dix-neuf heures, sans nouvelles, il réunit
quelques ouvrages sur le rôle du vin dans les civili-
sations et prit le chemin de Valrose. Il dut à nouveau
se présenter au concierge et croiser des regards
moqueurs. Il rasait les murs. Quelle comédie jouait-
il ? Pourquoi faisait-il jouer avec lui cette gamine ?
Avait-elle aucune chance d'entrer dans sa vie ? Des
aventures, il en avait eu plein, trop pour un seul
homme, un seul cœur. Il n'était pas né pour vivre
aux côtés d'une femme. Il fallait toujours feindre,

endurer la jalousie, les reproches, se sentir coupable
et s'excuser. Il n'était vraiment lui-même que libre
de toute attache. Et s'il ne rendait pas les femmes
heureuses, à quoi bon leur courir après ?...

Chambre 29. Ioura mit du temps à venir ouvrir.
Elle était en peignoir, les cheveux mouillés et les
pieds nus, on entendait ruisseler une douche au loin.

— J'ai cru comprendre que vous aimiez lire. Et
comme vous parlez très bien du vin. Et comme on
avait aussi parlé d'opéra...

— Et comme je ne vous ai pas rappelé, vous êtes
venu.

Un trait de sang barrait sa lèvre supérieure. Ses
cheveux trempés, plus sombres que la veille, avaient
des luisances de savon. Lissés en arrière, ils don-
naient à son visage une douceur enfantine. En
somme, Ioura n'était qu'une enfant et lui le dernier
des porcs.

— Ce soir, l'opéra se nomme château-pichon-
longueville, cuvée 1958, j'aimerais avoir vos impressions. J'écris pour *Savour*, le magazine spécialisé. Ils
attendent mon article avec une certaine fébrilité.

Elle parut désarçonnée. Il percevait le mouvement de sa respiration sous le peignoir. Elle se posait
la question qu'il se posait lui-même : Qu'est-ce qu'il
me veut ?

— On m'attend, dit-elle.

— On vous attend.

— Un pot de bienvenue.

Il se fit fort de la ramener bien à l'heure après
une dégustation technique d'une ou deux gorgées,
mais Ioura déclinait l'invitation. Elle avait aussi une

voix d'enfant, et lui, porc qu'il était, il insistait, il jurait qu'ils en avaient pour une heure au plus, qu'elle avait tort. Il allait tourner les talons quand elle changea d'avis.

Il l'emmena chez lui, à Bellevue. Elle ignora le charme grandiose des allées, la piscine, la terrasse en belvédère, elle regarda comme une maison quelconque la villa rose au milieu des vignes, elle traversa en habituée les pièces dallées d'ocre, ignorant la bibliothèque et les œuvres d'art. Et quoi de plus banal qu'une Indienne en sari dans une cuisine où la cheminée à crémaillère aurait pu loger un couple d'ours.

Ce fut elle qui leur versa le pichon-longueville 58.

— On appelle ces verres des impitoyables, annonça Michel. Ils sont dessinés pour concentrer les arômes.

Ioura but une gorgée, il huma le vin. Odeur fermée, bloquée, bordeaux vieillissant à laisser méditer cinq bonnes heures en carafe.

— Vous n'êtes pas très souriante, aujourd'hui...

— Ça saigne quand je souris.

Il sourit. Le regard de Ioura aussi était bloqué, fermé.

— ... Et pas très causante. Il est vrai que le vin met la parole en danger. Vous l'aimez ?

— Je n'y connais rien.

— On ne peut goûter que dans la bonne humeur, le goût sollicite l'émotion.

C'est ça, pontifie mon vieux.

— Eh bien goûtez-le, dit-elle.

— Parlons-en d'abord, expliquait Talleyrand, détaillons ses apparences.

Un jour, il s'était juré face à la mer qu'il ne boirait plus jamais de vin rouge, cette lavasse hémorragique où s'ouvraient des yeux ronds, suppliants. Et si l'on avait l'ouïe fine, on entendait des cris. Le vin, le sang.

— La couleur change à la lumière, regardez. Elle est érubescente, comme les pierres sous-marines. Imaginez ça dans un vapeur torpillé, avec les sque-lettes à colliers d'or. Le goût, ou plutôt le bouquet, ne marie pas moins de quatre cépages : le cabernet sauvignon, le cabernet franc, le merlot et le petit-verdot, je vous expliquerai. D'où cette illusion de chatoiement fondu, de mouvement tournant. Les sensations étant liées à l'œil, on peut voir tourner des cercles à la surface du vin. Pour celui-ci je saurais dénombrer quinze arômes différents, d'autant plus ronds et suaves que le vin est âgé, presque sur le retour, comme désabusé. Les Latins lui prêteraient de l'austérité, mais un jeune palais comme le vôtre y est insensible. Il est riche en tanins, assez pulpeux, nuancé d'or. Si le champagne est, disons, un Raphaël, le château-pichon s'apparente à Botticelli.

Elle écoutait avec l'attention médusée du psychia-tre. Un sourire indéfinissable flottait sur ses traits.

— Mais vous, dit-elle, vous ne buvez pas. Vous vous contentez d'observer et de commenter. Vous lisez dans le marc de café.

Mieux valait en rire.

— Je vis seul ici, je n'ai guère l'occasion de...

— Vous êtes éditeur ou quelque chose comme ça ?

— Finement vu. Rien que des ouvrages sur les deux conflits mondiaux. C'est pour moi bien plus qu'un hobby.

— Et la photo ?

— Histoire ancienne...

Histoire quand même, années noires. Caméra sur l'épaule, il avait filmé les grand-messes du Service d'ordre légionnaire, les rassemblements dans les arènes de Cimiez, les exécutions, et, plus tard, la fin du monde en Poméranie, les tanks enflammés, les trains fantômes à vau-l'eau sous la neige, les drapeaux ensanglantés, les gosses à tête de vieillard, les chevaux en putréfaction, une vérité qu'il pensait offrir aux historiens, mais un jour ou l'autre la vérité change de peau, comme les historiens... Il ne voulait plus savoir ce qu'on fourrait sous un tel nom dans le sac à dos des écoliers contemporains.

Ioura regardait sa montre, elle souhaitait rentrer. Lorsqu'il la déposa à Valrose, ils ne s'étaient pas dit un mot de tout le trajet.

— J'aimerais bien savoir pourquoi vous êtes venue.

— Je n'aurais pas dû, je sais...

— Quoi, je vous fais peur ?

Elle marmonna quelque chose en s'éloignant d'un pas rapide et ne se retourna pas quand il l'appela. Ce fut de retour à Bellevue qu'il découvrit sur le siège passager le cercle parfait d'un élastique rouge auquel s'accrochaient des cheveux bouclés. Boîte à gants.

6.

Rêve récurrent.

— A dimanche, monsieur Duval. Vous n'avez rien contre le navarin ?

— Je suis omnivore, mon garçon.

— Parfait, parfait, dit Charles en nouant son écharpe caca d'oie. Ma tante se réjouit, vous savez. Ah, j'oubliais... Il y a pour vous un message, un certain monsieur Zoff...

La porte se referma. Sur un bout d'enveloppe, Michel lut :

L'honneur s'appelle fidélité.

Edmond Zoff... Un nom qui vous glaçait les sangs. Edmond Zoff et l'honneur, Edmond Zoff et la fidélité. Une vieille balise rouillée se rallumait à la surface des eaux noires.

Mal à l'aise, il quitta son bureau et marcha jusqu'au Sporting. C'était là qu'il avait rencontré Ioura, là qu'il avait rencontré Zoff en 41. Il descendit l'escalier et s'allongea sur un matelas face à la mer. En quoi pouvait le retenir une existence où le plaisir se limitait à produire du vin qu'il ne buvait plus et à publier des idéalistes qui s'étaient trompés d'histoire, et pis l'avaient trompée. A son réveil, un mince coucher de soleil se consumait sur la baie. Un avion virait au loin, grand comme une main d'enfant. Ni ferry ni voilier. Pas d'Edmond Zoff à l'horizon.

Toujours à pied, il remonta l'avenue Barriglione et passa devant la fac des sciences. Où était Ioura ? Il y avait un mois qu'elle avait disparu. Il ne monta pas frapper à la chambre 29, mais il traîna dans les allées éclairées du parc, se mêlant aux étudiants, regardant avec envie le château du Valrose, fief de prestigieux examens : maîtrise, agrégation, doctorat, des mots qu'il n'avait jamais eu l'occasion d'articuler sans éprouver un sentiment d'échec, des mots qui ne devraient jamais arriver à la bouche d'un enfant dont le père est mort fauché d'épuisement dans sa cuisine, après avoir lavé la vaisselle et repassé les habits blancs du fils. Jeune homme, il se donnait pour un brillant sujet tenté par l'Histoire autant que par le Septième Art, deux langages réservés aux grands témoins.

Il ne se résignait pas à s'en aller. Il battait la semelle à l'entrée du pavillon des filles, espérant voir Ioura, une gosse de pas même vingt ans. Il avait déjà repéré les mille inoubliables détails qui font qu'une fille est à vous, à vous seul, et qu'un homme en âge d'être son père se fout bien d'être embarqué par les flics au motif d'une infraction à la moralité. Il éprouvait pour elle un amour sincère. Un déraisonnable amour sincère, un amour total. Il en était sûr à présent.

A cinq heures du matin, écroulé tout habillé sur son lit, il fut réveillé par un chahut d'enfants.

Emmurés dans sa cage thoracique ils saccageaient une église, piaulant par-dessus l'harmonium, déchirant leurs chemises séraphiques à qui mieux mieux, semant leur bordel sous l'emblème squelettique d'un Dieu luisant comme un os, et lui, armé d'un lourd crucifix, il se voyait fracasser le tabernacle à la recherche d'hosties, de pinard, et toute cette marmaille accourait se goinfrer avec lui.

Son cœur s'emballait. Écrasé par la douleur, il était en train de pulvériser son record des deux cent quarante-sept pulsations à la minute, il allait bientôt se détacher à jamais du monde, il pourrait arpenter librement les coursives des vapeurs torpillés, dresser la liste des bébés verdâtres et téter leurs jolies mamans englouties. Ainsi finissent les mouchards sous protection.

Ayant avalé ses bêtabloquants, Michel sombra dans une voluptueuse langueur. Il dormait et léchait des gouttes de sang sur les lèvres de Ioura, tantôt ses lèvres, tantôt la pointe du sein qu'elle tendait vers lui, la goutte s'étoilait.

Un révulsif nommé Shalom. Un déraisonnable amour ôtait la raison. Un miracle parmi tous les hasards dont la vie quotidienne est bombardée. Un miracle l'anéantissait.

— Cuisson réussie, Charles.

— La poule y est pour beaucoup, monsieur Duval, mais ce petit-lait sur le jaune, j'avoue, avec du pain beurré...

Ils déjeunaient. La table ronde était branlante et

l'eau clapotait dans des verres à pied cerclés d'or. A côté d'eux, silencieuse au fond d'une ottomane délabrée, sa jambe gauche au repos sur un coussin violet, la tante aussi trempait des mouillettes. Elle était sourde, absente. Charles avait décalotté d'avance un deuxième œuf pour elle et, de temps à autre, il lui essuyait la bouche.

— ... Et qui plus est du pain de seigle, mon préféré.

Il était midi quand Michel avait téléphoné pour s'inviter à déjeuner. Le dimanche, hélas, il avait une obligation. Une autre fois, partie remise le navarin. Il s'était réveillé la peur au ventre, incapable de rester seul une heure de plus, réduit à solliciter son souffre-douleur. Et maintenant il lui tardait d'échapper à ce living empoussiéré, bardé de maximes, de photos sous verre où des inconnus mal embouchés vous fusillaient du regard, un buis séché derrière la nuque. Au-dessus du couffin du chat – heureusement parti en vadrouille –, Charles avait sa table d'écriture, enfantine, mozartienne, tragique. C'était donc là qu'il pondait son roman brûlot sur Nice occupée. Un de ces quatre il arriverait aux Éditions une valise à la main, et, s'il vous plaît monsieur Duval, ma tante a beaucoup insisté pour que vous rendiez justice à mon travail.

Au dessert ils eurent de la semoule à la confiture de fraises. Un régal, on n'y pense jamais. Après quoi, Charles apporta cafetière et boîte à biscuits. Une bouilloire se mit à siffler.

— Pas de café pour moi, dit Michel.

— Alors du chocolat, c'est un Van Houten, ma tante en prend aussi.

L'enchaînement pouvait surprendre :

— Elle a beaucoup souffert.

Il servit Michel, versa le lait d'un berlingot asphyxié par une pince à linge et reprit solennellement, les yeux tournés vers le mur :

— Mon oncle était en poste à Vichy.

— Le mari de votre tante ?

— Celui-là même.

Les cuillers tintaient. Dans le silence qui suivit, Charles cassa un morceau de sucre et se fit un canard.

— A la Libération, on l'a dégradé... Ma tante a décousu elle-même les galons d'épaulette gagnés sous Pétain.

— Ah.

— Il n'a pas survécu au déshonneur. Voilà pourquoi ma tante est si fière de vous avoir sous son toit.

La tante, une lourde créature aux joues affaissées, piquait du nez. Par instants, sa lèvre inférieure venait recouvrir celle du dessus.

— Quel rapport avec moi, Charles ?

— Eh bien... l'honneur.

Fallait-il vraiment se rappeler Zoff : *l'honneur, la fidélité*. Charles avait recopié la formule, et ce boy-scout s'imaginait un mot de passe reliant des amis à travers les âges.

— Eh bien quoi ?...

Le secrétaire, l'air faux, balaya quelques miettes sur son pantalon, signe qu'il allait surmonter son naturel timide et lancer des mots prépondérants.

— Moi aussi, comme vous, j'accorde beaucoup

à l'honneur. J'y crois, mais à trente ans je ne sais que penser de ma famille. Le pétainisme est-il pardonnable ou non quand on voit sur quelles atrocités il a fermé les yeux ?

— S'il s'était contenté de les fermer ! dit Michel.

— Nous sommes en total désaccord, ma tante et moi, c'est un sujet tabou.

Comment l'avaient-ils abordé ? Par signaux sémaphoriques ou télépathie ? La dernière dispute avait-elle eu raison des tympans de la vieille femme ?

— Je comprends... Vos biscuits sont excellents.

— Ce sont d'authentiques navettes marseillaises, on les pétrit en l'honneur de la Vierge noire, la patronne des marins. J'ai des toasts à la cannelle, si vous préférez.

— Ces navettes me vont très bien, dit Michel.

A cet instant-là, parti de la prunelle grise du jeune homme, un long regard stupéfait tomba sur son poignet où se trouvait, porté en bracelet contre la montre, l'élastique rouge de Ioura.

— Navette, *navis*, la nef, le navire, la cathédrale, soupira-t-il en se grattant négligemment la nuque.

Charles rouvrit la boîte en fer.

— Mon oncle à Vichy, vous en pensez quoi, vous ?

Il pensait à l'étudiante aux mots acides, au regard d'une infinie douceur, à la chevelure de cuivre, aux mains couleur de lait... Il pensait qu'il ne la verrait plus. Sa mère ou ses copains avaient dû la dessiller : Tu sais, ton Michel Duval...

— Mais rien, je n'en pense rien, mon garçon, dit-il, allergique à ce genre de débat-sornettes. C'était

une solution d'attente, Vichy, tout ce qu'il y a d'honorable au début. Avec Vichy on pouvait prendre son
mal en patience, on était convaincu que les hasards
de la guerre finiraient par détruire le Reich. Et puis,
que voulez-vous, chacun d'entre nous est issu d'un
milieu qui le prépare ou le condamne à certains enga-
gements, parfois intolérables pour les voisins, eux-
mêmes victimes ou prisonniers d'autres idées.

Charles parut scandalisé.

— Mais enfin mon oncle était antidreyfusard.

— Oui ?

— Antidreyfusard, monsieur Duval, en 1940 :
vous me suivez ?

— Vous marchez vite.

— Dreyfus était... juif, dit Charles avec un sourire
navré.

Il était temps de partir, de couper court à ces
lieux communs. Cet exalté boutonneux avait besoin
d'une bonne petite fellation au coin du bois.

— Vous êtes généreux, Charles, et je m'en félicite.
Quant à la loyauté d'autrui, il ne nous appartient pas
d'en disposer. Comme vous le savez, aux éditions
Eterna, notre morale est de ne juger qu'à coup sûr,
et mieux, de ne juger à aucun prix. Je ne connaissais
pas votre oncle, mais, à mon humble avis, son patrio-
tisme est inattaquable, et le jour où vous aurez un
moment n'hésitez pas à recoudre ses galons. Sur ce...

Charles avait blêmi. Le regard oblique et l'index
en baïonnette, il répondit en élevant la voix :

— Écoutez, monsieur Duval, sauf votre respect,
mon oncle n'était pas qu'un antijuif épanoui dans la
défaite. Il était aussi un zélé serviteur de l'Hôtel du

Parc... Ma tante le sait parfaitement. On ne va pas tout excuser !

Menton décroché, la tante roupillait, emplissant la pièce d'un râle syncopé qui pouvait suggérer un début d'agonie.

— Ce serait trop facile, ajouta le secrétaire entre ses dents.

Tiens, pensa Michel, je suis visé. Le sale petit merdeux renifle mes godasses. Atone aux Éditions, flambard à la maison, ramenant sa gueule pour un chat coupé et une grabataire à la cervelle en chou-fleur. C'est donc pour ça qu'il tenait à m'inviter, le Charlie, pour voir le sulfureux Michel Duval danser la carmagnole avec son vieil oncle facho, sur l'air du *Maréchal* ?

— Ça va, fit-il, aussi méchant qu'il pouvait l'être quand on lui cherchait des crosses. A chacun son linge sale, et c'est d'abord vrai pour vous qui n'avez rien vécu. Vous savez, l'Histoire, votre chère et tendre Histoire en perpétuel progrès... Elle ne sait pas très bien où elle habite, figurez-vous, ni sur quelle épaule elle tient son fusil, de quel baiser elle tue son Judas, elle n'est pas d'appellation contrôlée, maman l'Histoire, elle se dénature à la longue, elle est périmée... Prenez Céline, le génial geignard, le judéophage hitlérisé jusqu'à l'os, allez-y, prenez-le votre chouchou, le fuyard de Sigmaringen déshonoré pendant vingt ans, mis à l'index, conspué à mort. Aujourd'hui c'est fini, pardonné, le beau monsieur que voilà, en avant la connerie, on lui tresse des lauriers et tous les chats s'appellent Bébert !

Charles en frissonnait d'indignation.

— Mille pardons, mais Céline est d'abord un grand écrivain, la postérité lui a donné quitus. Dans le fond, il se moque pas mal des juifs et les juifs sont pour lui comme... comme un révulsif.

— Un révulsif, voyez-vous ça... Ah, quel bon déjeuner, Charles, on ne s'embête pas chez vous... On s'en paye une bonne tranche, dites-moi, votre oncle, les juifs... C'est vrai qu'elle a bon dos, la littérature, ou plutôt mauvais, elle rhumatise à tout va, comme les vieux, ça la prend là, et c'est alors qu'un bon petit révulsif de type *Shalom*, fabriqué à grande échelle sous brevet allemand, lui permet d'envoyer son chef-d'œuvre au monde, exactement comme un pet foireux vient crever à la surface de l'eau pour embaumer les noyés... Tenez, je fous le camp, c'est trop drôle. J'ai peur de rire un peu fort, voyez-vous, de m'enfler et souffler, et qu'après la rigolade il ne reste pas pierre sur pierre de cette baraque où par ailleurs j'ai trouvé l'œuf à la coque au poil, vraiment au poil... Un dernier mot, fiston, arrêtez-moi si je me trompe... L'écrivain, pour vous, c'est quoi ? Un être humain ? Un vivant ? Quand on le chatouille, est-ce qu'il ne rit pas ? Quand on le pique, est-ce qu'il ne saigne pas ? Quand on le brûle, est-ce qu'il ne souffre pas ? Et quand on lui crache à la gueule ? A lui, à ses gosses, avant de les envoyer aux douches en famille sniffer les paillettes ? Et quand il reçoit en 1942 un formulaire visant à recenser les juifs de France, est-ce qu'il s'en fait une cocotte en papier, l'écrivain ? Justement non ! Pas Céline, pas lui ! Il attrape sa belle plume de paon et il remplit les cases en bon citoyen respectueux des seigneurs. Mais

Céline il est, grosse légume de la chose écrite, en prime il se fend d'une longue bafouille aux édiles de la croix gammée. Il s'indigne qu'on ait pu le soupçonner, lui, de par ses antécédents génétiques, son œuvre, ses coups de gueule, d'une juiverie quelconque... Mais bien sûr il ne saurait qu'exhorter la police à les débusquer tous jusqu'au dernier, ces pique-assiette, bon voyage amis youpins, bonsoir !...

Il franchissait la porte d'entrée en s'esclaffant et Charles se tordait les mains :

— M. Duval, ma tante serait désolée si...

— Pas du tout, mon garçon, je suis ravi, j'ai passé un grand moment. Vous savez ce qu'il dit, Gracq, pour notre ami : « Quiconque a reçu en cadeau, pour son malheur, la flûte du preneur de rats, on l'empêchera difficilement de mener les enfants à la rivière... » Et ce poème africain, j'en suis fou : « On ne piétine pas deux fois les couilles du même aveugle. » Autre chose que l'honneur, non : des couilles...

Le rat. Rentré à Bellevue, Michel se baigna dans une piscine à 15°. La nuit tombait, l'air était pur, les constellations descendaient surnager en petits beignets scintillants. Deux noms s'injuriaient contre ses tympans : Ioura, Zoff. Il avait complètement oublié les œufs-mouillettes à la campagne.

Et si Zoff réapparaissait ?

Et si Ioura ne réapparaissait pas ?

Et s'il fermait les yeux, se laissait couler ?

Il barbotait depuis un moment lorsqu'il entendit grincer des dents. C'était si caractéristique et fort

qu'il crut sentir l'aura d'une présence autour de lui.
Il se retourna, horrifié. Il avait beau scruter, il ne
voyait que les ombres mêlées des amandiers et des
ifs, ombres dodelinantes, ombres de cauchemar. Il
imagina Zoff, l'homme à la tête de mort, toujours
en noir, en boots, le regardant se tortiller à poil dans
l'eau glacée... Imperceptible au début, le grincement
reprit et s'amplifia, il s'empara du ciel étoilé. L'invisible salaud cherchait à le rendre fou. Levant la tête
au bruissement d'un feuillage, il repéra dans un
amandier la silhouette tapie d'un gros rat perché à
l'extrémité d'une branche basse, au-dessus de l'eau.
Ils se regardèrent, le rat et lui. Il lui semblait que
l'animal hésitait à plonger. Ce n'était qu'une bête
arboricole inoffensive, amateur de baies et d'oignons,
moins nuisible même que les loirs aux orbites lunaires
qui rongeaient le pied des ceps, et pourtant ses prunelles lançaient des éclairs de rage. Michel n'osait ni
nager dans la direction du rat pour gagner l'échelle,
ni lui tourner le dos, il patouillait sur place, le fixant
des yeux avec horreur, et le fixant des yeux le rat
frottait ses dents contre une amande dont les brisures
pleuvaient sous son nez.

Le lendemain, Michel fit déraciner les amandiers
autour de la piscine et construire une cabane pour
les affaires de bain.

C'est peut-être ça, l'Histoire : un rêve obscur où
des rats vous épient.

7.

La fille d'un ami. Il se vengea du dépit amoureux sur Charles, larbin d'une hiérarchie à deux personnages. Il l'assomma de manuscrits illisibles, lui déniant jusqu'à l'occasion de dénicher du passable dans les logomachies qu'on leur adressait. Il empila jour après jour sur son bureau des œuvres de la plus arrogante médiocrité, souillées de taches de café et d'empreintes de pouce, dont l'aspect clamait à l'unisson l'extrême désespoir des auteurs et le rôle de pis-aller que jouaient les éditions Eterna. Il répétait qu'il était bordélique, inutile, paresseux, nul, qu'ils allaient au casse-pipe... Le vendredi, lui payant au dernier moment ses gages de coolie, il ricanait de voir ses yeux mouillés. Ainsi parvenait-il à classer l'amour au niveau des nostalgies stériles qui l'étreignaient de loin en loin. De la nostalgie à l'oubli...

Quand un soir Ioura débarqua tout sourire, il ressentit dans les veines une bienfaisante chaleur.

— Je voyais ça plus grand, dit-elle.

— C'est une ancienne cordonnerie. Il doit rester dans une armoire quelques godasses marquées à la craie. Profitez-en, Charles est un piètre lecteur, mais un virtuose du talon-minute !

Il fit les présentations. Il dit du secrétaire qu'il était le plus précieux des collaborateurs et bien davantage : un ami, et de Ioura qu'elle était la fille d'un ami. Il accepta volontiers l'un des croissants au miel qu'elle apportait.

— Mais quelle bonne idée vous avez eue.

— Je viens de la part de ma mère, dit Ioura.

Elle semblait perdue. Elle ouvrait des yeux ronds à la vue des bouquins et manuscrits qui partaient à l'assaut des murs, grimpaient sur les tabourets, sur les tables, et se reproduisaient dans tous les coins en amas crasseux.

— Allez m'attendre au Sporting.

Elle attrapa un livre au hasard, l'exemplaire en loques des Mémoires de Julius Streicher.

— C'est qui celui-là ?

— Aucun intérêt, laissez.

Banana-split. Allongée dans un transat au bord de la mer, elle riait aux larmes en lisant. Il voyait le coin d'un livre, un pied chaussé d'une basket blanche, et, à même les galets, le ravier d'un banana-split.

Il s'approcha, Ioura riait toujours, son visage avait le satiné d'une pêche embuée de rosée, ses cheveux brillaient au soleil. Gagné par cette jubilation d'avant la chute, il se mit à rire et pénétra dans cette vague insensée qu'un dieu enfantin faisait sautiller dans sa paume.

— Vous lisez quoi ?

— Julius Streicher, vous savez, le grand mission-
naire du culte racial nazi... Je blague : ça raconte
l'histoire d'une fillette à la plage. Elle a pour copain
un jeune homme un peu drôle qui dort la tête
appuyée sur une bouée. Ils vont se baigner et il
installe la petite sur la bouée, il la pousse au large
en disant : « C'est le jour rêvé du poisson-ba... du
poisson-ba... », excusez-moi..., et Ioura ne fut plus
bonne à rien d'autre que sangloter d'hilarité.

— Encore cette histoire de poisson-banane !

Qu'elle était jolie, dents étincelantes, chevelure
châtain à reflets d'or, petit nez pointu, dos souple.
La race diabolique des filles sans bijou ni fard, frin-
guées d'oripeaux distendus au travers desquels sourit la tentation. Elles bâillent et leurs nippes se font
moulantes, une épaule s'arrondit, la gorge brille onc-
tueuse et lisse entre deux ombres, le sein pointe, et
c'est en confiance qu'elles se laissent désirer. Et
quand elles dorment on dirait des anges.

— Écoutez plutôt, dit-elle après une quinte : *Tu
sais ce qu'ils font ? Eh bien, ils entrent dans un trou
où il y a plein de bananes. Lorsqu'ils entrent, ce sont
des poissons comme les autres. Mais, une fois dedans,
ils se conduisent comme des cochons. Tu sais, j'ai vu
une fois un poisson-banane entrer dans un trou à
bananes et en manger pas moins de soixante-dix-huit...*

— C'est ça qui vous met dans cet état-là ?

— Ça me fait penser à vous.

— A moi ?

— A la fin, on voit le type remonter dans sa
chambre d'hôtel où sa femme dort, prendre un pistolet sous une pile de caleçons et se tirer...

Ioura fut de nouveau roulée par la vague, à perdre haleine.

— Se tirer ?

— Oui, hoqueta-t-elle, une balle, dans la tempe.

Il jeta un coup d'œil au bouquin :

J.D. Salinger
Un jour rêvé
pour le poisson-banane

Qu'est-ce qu'il n'aurait pas donné pour être à l'origine d'un tel séisme dans le corps et l'âme de Ioura !

— Pour le poisson-banane, dit-il avec un coup d'œil au ravier, mais aussi pour le banana-split.

A ces mots elle parut consternée.

Procès-verbal. Ils dînaient au Sporting à la lueur d'un photophore. Ils avaient goûté quatre vins différents, raconté leurs sensations, et Ioura, une fois encore, s'était montrée supérieure à lui. Ce que l'amour sensuel deviendrait un jour pour eux : un plongeon dans l'oubli, une fuite en avant – la description aromatique des vins commençait à l'être déjà.

Le silence les rattrapa, dense, gênant.

— Cette passion, dit Ioura, elle vous est venue comment ?

— Très jeune, en me brossant les dents, je suis rapidement passé du dentifrice à la banane au gros rouge étoilé.

Il jugea sa réponse excellente, salingérienne à souhait.

— Streicher, vous l'avez connu ?

— Vous êtes folle ou quoi ?

— Non, parce que ma mère l'a connu quand elle habitait l'Allemagne, à Fürt. Elle n'avait pas grande sympathie pour lui.

Elle fit la moue et de son chignon une longue mèche descendit en s'incurvant.

— C'était un buveur de sang, Ioura.

— C'est ce que je dis, elle le détestait. Et vous, vous avez connu qui ?

Elle parlait avec un naturel odieux. Elle avait un peu trop bu et ses belles lèvres luisaient comme vernies.

— J'ai connu bien des gens, fit-il avec douceur, et le nom d'Edmond Zoff brilla dans sa tête.

— Ma mère a du sang grec, ensuite elle a été allemande, aujourd'hui c'est une brave petite Française on ne peut mieux intégrée sur la Côte d'Azur. Elle y est arrivée à la fin de la guerre.

Petite rouée, pensa-t-il.

— Il ne faisait pas bon être allemand, chez nous, en 1945.

— Ni juive.

Il murmura :

— Une juive allemande, si je comprends bien.

— Elle fuyait l'Allemagne.

— Comme tous les juifs d'Europe.

— Elle fuyait les nazis et ce sont les Français qui l'ont mise en camp...

— Sacrés Français !

— ... à Gurs, dans les Pyrénées. Les nazis non plus n'ont pas été tendres avec nous. Tous mes oncles ont disparu en Pologne, cinq médecins.

Elle se taisait, le silence devint suffocant.

— Sale période, soupira Michel.

— Vous trouvez ?...

Il eut un rire bref, sans écho. Il appela le serveur pour commander un verre de castel-reynard 1970.

— Ma mère avait dans Nice une petite librairie d'ouvrages anciens léguée par son premier mari.

— Où ça ?

— Elle ne sait plus trop, le nom des rues a changé. Quand elle s'est fait arrêter, la librairie a été saisie.

— Je vois : l'administration provisoire des biens, l'aryanisation.

Il n'osait plus la regarder.

— Elle s'est fait arrêter sur délation, dit-elle.

— Le sport national, après 1942. Même les Allemands étaient écœurés.

— Ah, vous êtes au courant...

— Qui ne l'était pas..., souffla-t-il.

Dans son verre un faisceau vertigineux convergeait sur l'absence de tout.

— ... et qui l'était, c'est impossible à dire. Cette période est un défi à la raison, donc à l'Histoire. Le bouquin de Paxton, intéressant j'en conviens, est bien trop sévère à l'égard du pays. S'il est exact que notre armée était un ramassis de bidasses, et que le racisme, mon Dieu...

— Après la guerre, le coupa Ioura, on a retrouvé le procès-verbal administratif de saisie. Il y avait le nom des policiers chargés du dossier, mais aussi celui de l'informateur.

— Dire que je l'ai connue... Elle s'appelait Fleischer, n'est-ce pas ?

— Miriam Fleischer, bravo... On l'a envoyée à Drancy, puis à Gurs, le camp des apatrides. Mes oncles n'ont pas eu cette chance.

Il baissa les yeux sur son verre et vit frétiller à la surface du vin de petits bonshommes accrochés entre eux par le bout des doigts, les yeux pareils à des bulles de lait. Tous ces gosses à la queue leu leu vers nulle part, avec leurs nounours éborgnés, leur confiance en miettes...

— Si vous avez la copie du procès-verbal, vous avez forcément l'adresse de la librairie confisquée ?

— La copie s'est égarée, ma mère en a fait son deuil.

— Son deuil ?

— Comme elle a fait son deuil de la judéité, de l'Allemagne. Elle est française, aujourd'hui, elle ne veut rien savoir d'autre...

Elle ajouta :

— ... et moi non plus.

Et sa jolie main blanche effleura la sienne.

Elle ne tenait plus sur ses jambes lorsqu'il la ramena à Valrose. Il dut la soutenir jusqu'à sa chambre et l'aider à se mettre au lit. Elle s'étira comme une chatte et se tourna vers le mur, les mains sous la joue, blottie.

La croyant endormie, il défit sa barrette et la

déchaussa. Du collant noir, au pied gauche, dépassait l'ongle rose du petit orteil. Il se pencha pour l'embrasser. Il allait repartir quand Ioura parla d'une voix planante, les yeux fermés.

— Racontez-moi une histoire horrible.

Assis au bord du lit, il lui conta les mésaventures d'un petit garçon que son père habillait de blanc tous les dimanches et que ses copains poursuivaient dans la rue après la messe, lui jetant les tomates avariées du marché.

— Ça n'a rien d'horrible, c'est carrément ridicule. Une autre histoire ! Je suis sûre que vous avez vécu des choses atroces.

Il se rappela ces wagons fantômes emportés au ralenti sous la neige, en 1945, les SS à mitraillette debout sur les marchepieds, les cris sans fin des voyageurs arrosés au phosphore, des centaines de brûlés-vivants sortis de Dresde bombardée, abandonnés sur des rails où ils pouvaient se consumer en gueulant leur agonie.

— Ce qui est horrible pour moi, éluda-t-il, c'est peut-être de vous avoir rencontrée.

La respiration de Ioura se faisait légère et longue, elle dormait. Il s'allongea contre elle, le nez dans sa chevelure. Il éprouvait un bien-être aussi naturel que s'ils avaient partagé depuis toujours ce lit d'étudiant. Il y avait des années qu'il n'avait pas dormi avec une femme aussi jeune. Plus tard elle se fit un nid sur son épaule, il passa le bras sous son cou et la serra contre lui.

Avait-il fermé l'œil un instant quand il vit le jour se lever à travers les lames déglinguées du store ?

Sitôt qu'un battement de cils lui caressa la peau, il dit à Ioura qu'il l'aimait. C'était la première fois qu'il disait je t'aime à quelqu'un. Elle ne répondit pas.

La vérité. Le 7 novembre 1938, un adolescent juif du nom d'Herschel Grynszpan se rendit à Paris et tua d'un coup de revolver Ernst von Rath, conseiller de première classe à l'ambassade d'Allemagne. Arrêté, il ne voulut rien dire, ni son nom ni que ses parents venaient d'être battus à mort par les nazis et déportés.

De Hambourg à Munich, la communauté juive se désola. Ils étaient allemands depuis si longtemps. Ils en négligeaient d'être juifs. Ils avaient noué de solides amitiés dans les tranchées, en 1914, et régulièrement donné des gages à la Nation, contribuant pour beaucoup à son nouvel essor, respectant l'armée, l'uniforme allemand, prussien, nazi. Ils en étaient fiers, mais avec le retour du culte racial et la philosophie mélancolique du grand chancelier au bras tendu, cet Adolf Hitler si pointilleux en matière d'épuration, ils se découvraient chaque jour un peu moins allemands. Par voie de presse, ils présentèrent leurs excuses au Führer, sans grand espoir.

Mi-novembre, encouragés par la police d'État, les pogroms aux flambeaux émaillèrent cinq jours durant les nuits du Troisième Reich, des bibliothèques furent brûlées sur la voie publique et bien des agitateurs appréhendés. Le 25, ils étaient dix mille à battre la semelle au seul camp de Buchenwald, et dix mille autres la battaient le jour suivant.

A leur arrivée, des haut-parleurs proclamaient ici et
là sur des poteaux :

TOUT JUIF QUI VEUT SE PENDRE
EST PRIÉ DE SE METTRE DANS LA BOUCHE
UN MORCEAU DE PAPIER
PORTANT SON NOM.

La famille Fleischer, des Berlinois aisés, tint
conseil autour du grand-père d'Anna. Il faut partir,
mes enfants. Partir où ?... L'Amérique était loin,
trop chère. Les démocraties européennes venaient
de condamner cette Allemagne antisémite à garder
ses juifs, et d'ailleurs aucun pays n'en voulait plus.
La France haïssait les Allemands, qui plus est juifs,
elle avait déporté Dreyfus. L'Autriche les renvoyait,
la Pologne et l'Italie les harcelaient. Dans tous les
consulats, le mot d'ordre était : *No visa*. Ceux qui
fuyaient par mer décédaient massivement à bord des
cargos d'exil à l'ancre devant Tel-Aviv, Marseille ou
Singapour. La Royal Navy avait canonné une barque
chargée d'enfants venue flotter sur les eaux du Bri-
tish Mandate of Palestine. A cet embargo général le
Führer courroucé répondait par des barbelés. Il par-
quait les intrus, cherchait la solution.

En décembre 1938, son diplôme d'institutrice en
poche, Anna Fleischer gagna la France en passant
par l'Italie. Elle trouva refuge à Nice chez un grand-
oncle libraire, expert en étymologie yiddish. Elle
avait dix-huit ans. Sans nouvelles de ses parents, de

ses frères, de personne, elle consentit à l'épouser. A
sa mort, deux ans plus tard, elle hérita la librairie
Palimpseste et fut heureuse d'un bonheur qu'elle
devinait perdu d'avance. Après 1942, la zone Sud
occupée, l'atmosphère en ville changea. On vit se
multiplier les étoiles jaunes et les fleurs de lys : les
juifs eurent affaire aux jeunes idéalistes du Service
d'ordre légionnaire, la Gestapo française, des coqs
gaulois soucieux de ne laisser aux Boches aucune
prérogative en matière de répression des ennemis
communs.

Un matin qu'elle arrivait au travail, Anna trouva
sa librairie dévastée, les vieux livres yiddish répandus
sur le trottoir, et la porte scellée d'un ruban portant
un cachet administratif français. Elle arracha le
ruban, arracha la convocation placardée sur la vitrine
et remit les livres en place. Le soir même on l'emme-
nait à l'Excelsior – l'hôtel-prison –, puis au fort de
Bellevue d'où elle réussit à s'évader avec la complicité
du jardinier qui n'exigea rien d'elle en contrepartie,
pas même un baiser. Un mois plus tard on la reprenait
à Paris, dans le métro, et, malgré son germanisme
bon teint, ses apparences aryennes, elle se faisait
inculper en ces mots : « confession raciale et camp
de concentration ».

Michel connaissait mieux que Ioura elle-même
l'histoire de sa mère, juive un jour, un autre allemande. Il aurait pu décrire en témoin la jeunesse
en crise des années quarante, ces lycéens résistants
suicidaires ou ces gamins policiers qui, la nuit venue,
badigeonnaient au goudron des J sur les portes
suspectes, quand ils ne jetaient pas les traîtres et

leurs familles dans des oubliettes. C'était la même engeance, des gosses animés d'une confiance absolue, désespérée, qu'ils plaçaient les uns dans une *Marseillaise* hors de combat, les autres dans la puissante croix gammée, seul emblème à faire pièce au bolchevisme, aux francs-maçons, aux juifs.

Michel n'avait pas officiellement servi dans les polices parallèles, refusant l'uniforme noir au risque de passer pour un lâche, mais il avait quand même eu ses habitudes à Bellevue, fréquenté les flics de Darnand, ses potes. Inquiété à la Libération, écroué, il était ressorti du tribunal après deux mois d'instruction – avec une médaille de résistant, s'il vous plaît. Et l'on ose dire que la vérité n'existe pas !

IOURA

8.

Mariage 1973. Ioura tremblait dans son lit. Les zéros verts du radio-réveil indiquaient minuit, la lune ondulait sur le voilage gonflé par le vent. Rejetant le drap, elle quitta la chambre et fut s'accouder à la balustrade. En bas, les trous d'or balancés des lamparos étoilaient une mer invisible, la pêche battait son plein. Elle n'osait pas appeler, elle avait peur. Où était-il ?... Un souffle d'air glacé lui donna la chair de poule et sur la piscine, à ses pieds, un fauteuil pneumatique oublié dériva mollement. Elle avait l'intuition d'une présence impie, scandaleuse, d'ailes noires prêtes à s'ouvrir pour l'étouffer. Les yeux écarquillés, elle vit une ombre humaine s'avancer au bord de la piscine, et le poli d'un crâne chauve miroita. Deux yeux semblaient la fixer avec une grande attention. Ioura bondit en arrière, estomaquée. Un homme, dans le parc... Le silence de la nuit résonnait de minuscules bruits ronds, comme si l'on jetait des cailloux à l'eau. N'entendant plus rien, elle regarda par-dessus la balustrade. Personne. Elle avait rêvé, et ce rêve avait la bouille lunaire du sinistre vieillard venu ricaner à leur mariage. Edmond

Zoff, l'ami porte-malheur de Michel. Qu'est-ce qu'il fichait là ? Elle attendit un moment, frissonnant dans sa chemise de nuit, puis retourna se coucher. Elle pensait ne jamais s'endormir quand le sommeil la prit, bonne épouse occupée à réviser son examen de sommelière, elle répond aux questions, l'épouse, mais s'abstient d'en poser, elle est jeune, elle ne comprend rien, et chaque fois qu'un soupçon lui sape le moral elle se perd dans la mémoire inoffensive des vins, la litanie des cépages qu'ils dévoilent en secret, syrah, grenache, zinfandel, bourboulenc : le chenin blanc sent la sueur humaine et le niellino la chair grillée, sa grand-mère sentait l'eau de Javel, son père la bave de chien et sa mère, entre deux bouffées d'eucalyptus, embaumait l'odeur électrique des rails surchauffés du métro, toujours marier le cépage et l'arôme, effluves sacrés du patrimoine de malheur auquel nous resterons attachés, un beau mariage et tu seras la plus heureuse des femmes...

Elle n'eut soudain plus aucun drap sur le corps. Son mari promenait la flamme d'une allumette audessus d'elle en chuchotant d'une voix perdue : « Mon amour de Ioura, mon amour... » La flamme s'éteignit et il se mit à lui caresser les seins.

Reichsbank. Elle respire une odeur de feuillage et de feu sur sa peau. D'où sort-il ?... Malgré sa main qui lui tord les cheveux, malgré le flot rauque de ses mots incompréhensibles, elle a une envie folle de ses caresses et de son sexe en elle, déployé. Malgré sa peur quand il la traite de goulue, de baiseuse, elle aime entendre sa voix se muer en hurlement et regarder son corps en nage secoué par la violence du plaisir qui l'anéantit. Malgré l'impression qu'elle a d'un esprit verrouillé, menteur à l'occasion, elle ne peut s'empêcher de le consoler quand il fait l'amour, et de pardonner elle ne sait même pas quoi.

Elle est Ioura Duval, l'unique épouse de Michel, elle a son nom sur un livret de famille en regard du sien. L'épouse d'un délateur, lui dit sa mère que la calomnie n'effraie pas. Il est le premier homme qui l'ait déshabillée, l'ait vue totalement nue, et bien sûr le premier homme dont elle ait contemplé l'érection, niché les couilles dans sa paume avide – mais qu'elles sont fragiles, abandonnées, ces couilles de la toute-puissance masculine ! Elle a découvert son corps grâce à lui, en voyant leurs deux pubis accolés, si différents, si proches.

Et c'est grâce à lui qu'elle n'est plus cette poupée mécanique dont sa mère tournait la clé, la rudoyant à sa guise, la perçant d'épingles. Il prétend qu'elle a le génie des arômes et que pas un vin ne résisterait à son flair. Elle va toujours à la fac, mais elle connaît aujourd'hui sa vocation : devenir maître de chai à Bellevue, chez eux, cerner l'identité fuyante et mêlée des arômes, offrir à Michel cette vérité.

À sept heures, elle se leva en même temps que lui et refit un somme après son départ aux Éditions. Il n'avait rien dit pour Zoff, elle non plus. Il avait dit : A ce soir bébé, et le plus fraternel des baisers s'était posé sur son front, le plus maternel des regards

l'avait enveloppée. Elle ressentait un amour déli-
cieux et désespéré. Elle aimait dormir avec lui, partager l'étreinte amoureuse et le sommeil, le regarder
bâiller à l'aube, la barbe drue, les cheveux à la diable. Elle serait bien restée la journée entière à papo-
ter sous les draps. Mais lui, après les caresses, avait
besoin d'être seul, de perdre tout contact avec la
femme qu'il venait d'aimer. Il dormait comme on
est mort, passé d'amour à trépas.

Ce matin-là Ioura voulut travailler, radio en sour-
dine. Son attention flottait, son cœur battait pour
un rien. Elle roupillait sur cette histoire de Jura viticole, un domaine aux caractéristiques étranges et
quasi sacrilèges en matière d'œnologie : pour obtenir
le vin jaune ou vin de paille, né du savagnin, on
vinifie des raisins récoltés le plus tard possible, on
abandonne aux fûts les moûts qui tourneraient au
vinaigre sans le miracle d'un voile bactérien, et, six
ans plus tard, ah bon, tant que ça ?...

A travers les franges balancées du parasol, elle
regardait la piscine en plein soleil, aussi claire et
riante qu'elle était sombre la nuit passée, elle se
rappelait le bruit mat des cailloux frappant l'eau...
Pas facile de lancer des cailloux avec une main sans
pouce... Incapable de se concentrer davantage, elle
alla voir. Dans l'eau pâle, les motifs entrelacés des
mosaïques semblaient onduler. Ni cailloux ni gra-
viers, pas l'ombre d'un corps étranger. Ioura ôta son
alliance et la fit tomber. Une miette de lumière descendit se poser au fond du bassin. Elle la fixa des
yeux jusqu'à la nausée. Le point d'or se dédoublait,
disparaissait, s'élargissait en un cercle géant, rouge

vif, brûlure irradiant à même la cornée. Comme elle plongeait repêcher la bague, elle se prit un instant les pieds dans les méandres du robot nettoyeur immobile au fond de l'eau. S'il avait calé, c'est que le sac à déchets était plein. Elle sortit l'aspirateur et dégrafa la poche. Un butin compact de mouches, brindilles, pétales, fleurs, limaces, papillons. Et, dans ce magma, elle découvrit non pas des cailloux mais des pièces de monnaie, une quinzaine de pièces grises, marquées chacune de plusieurs zéros. Elle en prit une et, dans la lumière, distingua le profil d'une aigle aux ailes déployées. Elle pouvait lire sous les pattes recroquevillées :

DEUTSCHE REICHSBANK 1935

9.

Lutétia. Le jour se levait terne et gris sur Paris. Ioura ne vit pas grand-chose à travers les vitres embuées du taxi. Elle avait du brouillard devant les yeux, du brouillard au cœur. Elle arrivait dans la capitale et n'éprouvait aucun plaisir. Fastidieux, ce concours de sommeliers, angoissant. La veille au soir, à la gare de Nice, elle avait quitté Michel pour la première fois depuis qu'ils étaient mariés. Jusqu'au bout elle avait espéré un mot de sa part, un clin d'œil. Le train s'était mis à rouler, Michel à courir en lui tenant la main ; leurs mains s'étaient lâchées au bout du quai. Dans son compartiment couchettes, Ioura n'avait pas trouvé le sommeil, obsédée par sa mère et par des calomnies qui peut-être exhibaient la vérité nue sur l'homme qu'elle osait aimer. L'univers maternel dont le mariage l'avait sauvée l'encerclait à nouveau de toutes parts. Sa mère avait connu les camps, mais Ioura vivait dans un camp, elle aussi, lorsqu'elle habitait chez cette écorchée vive – aucune intimité, aucune vie privée, dévotion permanente au malheur de la tribu.

Juifs, ils étaient juifs, condamnés à traîner derrière eux à tout jamais la fumée des crématoires.

Elle fut à l'hôtel Lutétia, façade gris fer à drapeau tricolore. Elle gravit les marches du perron gardé par un homme à chapeau noir de ramoneur et poussa la porte à tambour, projetée dans le silence aquatique d'un hall aussi vaste que vide, excepté les enseignes de cuivre s'élevant des comptoirs d'accueil.

— Votre nom ?

— Duval.

— Monsieur Duval vous a déjà appelée. Le chasseur va monter vos bagages.

Le téléphone sonnait quand ils entrèrent dans la chambre. D'un doigt ganté, le chasseur désigna l'appareil sur la table de chevet.

— Ce voyage ? dit Michel au loin.

Elle éluda. Elle n'allait pas dire qu'elle avait passé la nuit à pêcher des pièces de monnaie dans une piscine ou à regarder une main sans pouce accrochée au signal d'alarme.

— Quel numéro de chambre as-tu ?

— 307.

— Tu vois la tour Eiffel ?

— J'en vois deux, bâilla-t-elle au hasard. Il faut dire que je suis fatiguée.

— C'est le trac... J'avais la 307 à la Libération.

— Tu étais là ?

— Je filmais l'arrivée des premiers camions pour les Actualités.

Elle imagina son mari au balcon.

— Tu ne me demandes pas quels camions ?... Modèle russe, très haut sur pattes, avec la ridelle soudée au hayon. Ils arrivaient de Pologne. Il y avait du monde à les réceptionner, tout un tas de patriotes et de badauds qui venaient voir à quoi ça ressemblait, après deux ans d'absence, une petite bafouille anonyme de rien du tout.

Il avait une intonation légèrement sinistre.

— Ça ressemble à quoi, d'après toi ?... A un mort-vivant. Tout un cimetière de morts-vivants rapatriés aux frais de la Deutsche Reichsbank.

Elle ressentit un choc dans l'estomac.

— ... Ils étaient assez patraques, j'avoue, d'ailleurs pas tous, n'exagérons rien. Tiens, va donc jeter un œil au grand salon du rez-de-chaussée. C'est là qu'on les étuvait et qu'on leur donnait à manger. Il fallait aussi les identifier. Parfois leurs gosses les attendaient. Et tu veux que je te dise ?

Elle resta muette, elle l'entendait souffler.

— J'en ai vu qui faisaient semblant de ne pas les reconnaître et qui refusaient même de les suivre, en somme ils ne pensaient qu'à bouffer.

Elle eut un accès de haine.

— Et toi, tu te rinçais l'œil ?

— Oui et non, bébé, soupira-t-il, je rinçais l'œil de la postérité, j'immortalisais les temps forts du meeting, j'étais payé pour montrer tous ces beaux patriotes à brassard, tous ces juifs, toutes ces juives à leur descente de camion, tous ces impeccables officiels accueillant à bras ouverts les pyjamas rayés dans le meilleur hôtel de la patrie, là même où les Fridolins et les collabos, pas plus tard que la veille, se torchaient la gueule sous les bacchantes d'un Führer en armure d'Ivanhoé. Allez, *ciao*, bébé, déguste bien !

Triphasil 28. Elle cherchait à maîtriser son envie de fondre en larmes. Il n'en avait jamais autant dit, aussi crûment. Elle ne savait plus quoi penser. Comment savait-il, pour les pièces allemandes, elles étaient cachées dans son fourre-tout. Quinze marks de la Deutsche Reichsbank, 1935. Il savait et se permettait de lui en vouloir. D'estimer qu'elle avait trahi sa confiance en n'en parlant pas. C'est précisément le mot qu'il brandirait : trahison, irréparable trahison, ai-je mérité ça ?... Il ne faudrait pas s'écraser, mais répondre du tac au tac, les yeux dans les yeux – tout est bizarre avec toi, tordu, malsain, rien que le fait de m'envoyer réviser au Lutétia les sujets d'un concours prévu à l'hôtel de Crillon... Ils allaient devoir s'expliquer, à son retour, ne plus se contenter de jouir ensemble et de chevaucher vers des minutes suspendues, vierges des mots qui mettent à nu les sentiments. On verrait bien quels sentiments survivraient à tout ça, ces fièvres enfouies, ces poisons.

Levant les yeux, elle regarda s'avancer dans la pièce un maître d'hôtel à gants blancs portant un plateau où trônait, solitaire, un grand verre de rouge.

— Monsieur Duval a supposé que vous souhaiteriez goûter cette merveille et lui faire part de vos impressions au téléphone.

Elle prit le verre à trois doigts, lui imprima un mouvement tournant, flaira le vin : merlot dominant, fruit rouge un peu confit. En arrière-plan, la sagesse d'un terroir habitué à donner son sang. Un bordeaux, peut-être un côtes-de-bourg et même un château-gallet.

Ses larmes coulèrent, elle ne pensa plus au vin mais à l'homme qui l'avait initiée au vin, qui s'y perdait, cherchait à l'y perdre.

Cependant qu'elle formait le numéro des éditions Eterna, une note langoureuse lui titilla les sinus, intermédiaire entre la muscade et la truffe, typique des arpents argilo-calcaires de l'Ouest.

— Mes hommages, madame Duval, faisait la voix cauteleuse de Charles au bout du fil, laissez-moi vous serrer cordialement la main. Je vous passe monsieur Duval... Pardon, mais nous avons un petit problème technique de bureau à bureau. Monsieur Duval me fait signe qu'il vous rappelle aussitôt.

La minute suivante elle parlait à Michel.

— C'est un vieux vin, un côtes-de-bourg 1970, un brûle-sécaille un tantinet trop chambré. Maintenant écoute-moi...

— C'est un vieux vin, bravo, mais pas un côtes-de-bourg.

— La rétro-olfaction est très prononcée. Réponds, Michel, ne fuis pas...

— Prends ton temps cet après-midi, méfie-toi des évidences.

— Si je m'en méfiais, il y a longtemps...

— ... trop longtemps, j'avoue, mais tu sauras tout si tu veux. A plus tard, bébé.

Elle raccrocha détendue. La voix de Michel avait recouvré sa tendresse familière, et quand il l'appelait

bébé... Depuis ses premières poupées elle rêvait
d'attendre un bébé, rien qu'à elle, une chose pure,
une histoire neuve. Mère à son tour elle échapperait
à cette mère qui faisait barrage aux souvenirs ou les
transformait en larmes de sang. Fais-moi un enfant,
disait-elle à Michel au début. Fais-moi notre enfant...
Aujourd'hui, malheureusement, ils en parlaient
moins. Le petit mousse tardait à venir, on aurait dit
qu'il était passé par-dessus bord ou qu'il se planquait
en espérant des temps meilleurs. Sa maman, elle,
prenait la pilule en douce : Triphasil 28.

10.

Peace and love. A cinq heures elle descendait l'escalier du métro, à deux pas du Lutétia. Avec la grève des transports on espérait au mieux une rame sur trois. Mais convoquée pour six heures à l'hôtel de Crillon, elle disposait d'une marge confortable, elle aurait même du temps pour arpenter les Champs-Élysées. Elle crevait de faim. Elle n'avait pas mangé depuis la veille, l'appétit coupé. Et maintenant elle imaginait des pans-bagnats, des pizzas chatoyantes, elle croyait respirer l'odeur lacrymogène de la moutarde étalée sur une saucisse chaude à la peau fendue. Et rien dans ses poches, pas le plus petit chewing-gum, rien qu'une ferraille de monnaie périmée.

Elle arriva sur le quai noir de monde et le portillon se referma dans son dos. SÈVRES-BABYLONE éclatait en lettres émaillées géantes, SÈVRES-BABYLONE, la station où sa mère s'était fait prendre par les Allemands.

Jouant des coudes elle s'approcha du tunnel et respira des bouffées d'air frais. Un gros œil vert la fixait, les reflets croisés des rails palpitaient au fond d'un puits noir. Fascinée elle imaginait le métro bloqué, les lumières s'éteignant, le coup de feu tiré dans l'obscurité, la panique. On avait fait descendre les voyageurs en pleine voie, on avait lâché les chiens, comme s'ils allaient chercher à fuir par le tunnel... Les larmes aux yeux, Ioura plongea la main dans sa poche et jeta les pièces sur le ballast.

Annoncé par des chuintements pachydermiques, le métro débaula dans la station. Il était vert tilleul, avec une forte odeur de machine au travail. Les portières s'ouvrirent, libérant un brouhaha d'humains congestionnés. Le brouhaha montant fit passer Ioura à l'intérieur. Elle voulut saisir une barre de métal mais se trouva prise en tenailles entre un individu basané aux prunelles fouineuses et une bonne femme à peu près chauve qui consolait un chat dans son manteau. Ou peut-être une dépouille de chat, car il avait les yeux clos.

Avec un effort la rame s'ébranla. L'individu basané perdit l'équilibre et vint rebondir contre Ioura en maugréant. Comment pouvait-on se respirer d'aussi près, comment pouvait-on voir d'aussi près une telle quantité de narines, de bouches, de poils, de joues plus ou moins bien rasées, d'oreilles, d'yeux, comment pouvait-on supporter ce touche-touche transpirant avec des inconnus ? Le basané ne la quittait pas des yeux. Il était coiffé jusqu'aux sourcils d'un bonnet blanc. Elle aussi le regardait. Qui regardait l'autre ? Et s'il allait se faire des idées ? Depuis combien de temps se regardaient-ils ? Elle battit des paupières et tâcha de s'intéresser aux ampoules du plafond.

A l'arrêt suivant, jouet des courants et des contre-courants, ballottée comme une épave, elle eut la joue plaquée sur le carreau bien gras d'une porte interdisant l'accès à l'habitacle du machiniste. Une ombre aux gestes lents se détachait. Ce nocher fatidique ignorait tout des malheurs du bétail qu'il pilotait dans son labyrinthe.

CHAMBRE DES DÉPUTÉS

L'ayant repoussée vers la sortie, un flux puissant la ramena entre les banquettes, derrière un grand type en parka vert armée, dressé tel un mur aveugle à même son nez. Elle n'était plus transportée, mais incarcérée. Elle haletait, convaincue que le peu d'oxygène en circulation dans cette cage était passé des milliers de fois par tous ces poumons et qu'il ne restait plus que les miasmes à biberonner. Elle commençait à se trouver mal, le désespoir la gagnait. CONCORDE était l'arrêt suivant, mais tiendrait-elle jusque-là ? Entre-temps il fallait traverser la Seine, ajouter la peur subaquatique à l'asphyxie.

La rame allait trop vite à présent, le moteur devenait fou. Tétanisée, Ioura avait l'une de ses mains repliée contre elle en bec d'oiseau, l'autre à plat sur le dos du type en parka. Elle se dévissait la nuque pour ne pas avoir le menton posé sur une épaule où *PEACE AND LOVE* était écrit au feutre noir. Régulièrement son nez venait écraser le slogan. Après une phase d'accélération, le métro parut s'en vouloir du poids des wagons bondés qu'il trimballait sous terre à longueur d'année. Il ralentit pour ne plus avancer

qu'au pas, et tous les détails d'un boyau métallique
se montrèrent aux carreaux : plaques boulonnées
des tronçons, gaines d'électricité, suintements,
ampoules... Puis une odeur agréable flotta, un arôme
allègre de cochonnailles. Le type à parka brandissait
un sandwich d'une main, de l'autre un bouquin. Il
avait des articulations puissantes, une montre de
plongeur à bracelet noir, similaire à celle qu'elle
avait offerte à Michel. Six heures moins dix, aïe !...
Le demi-cercle luisant d'une mâchoire s'imprima
dans le pain, et l'odeur de salami s'accentua. Le type
lisait en mangeant, Ioura lisait par-dessus son
épaule : *AVIS A TOUS, DIEUX ET MORTELS, JE PROMETS
BONNE RÉCOMPENSE EN OR SONNANT A QUI ME RAMÈ-
NERA MES VACHES ÉGARÉES.*

La lecture et la faim avaient chassé l'angoisse lors-
que le métro bloqua ses freins dans une convulsion
ululante. Il ne s'en tint pas là. Il se mit à reculer puis
s'immobilisa. On n'entendit plus un mot, mais le
niveau sonore des respirations s'éleva. Il y avait du
désarroi dans l'air et comme un voile gris sur les
visages tendus. Ioura sourit nerveusement. Elle se
rappela sa mère emprisonnée dans ce boyau de malheur dont les rails aboutissaient à Concorde, à
Drancy, à Gurs, à Treblinka, aux divers terminus
du martyre juif ! Sa mère, sa folle de mère, celle qui
disait ne s'être mariée que pour donner à sa fille un
nom chrétien... Du pouce, Ioura tournicotait son
alliance trempée de sueur. Ne pas s'affoler, ne pas
cogiter, regarder cette bouche mordre hardiment
ces rondelles de salami, se rappeler qu'un vin doit
marier l'élégance à la complexité, que la complexité

réunit l'acidité, l'harmonie, l'arôme, l'alcool, les
tannins et tant d'autres éléments comme l'âge du
capitaine Duval, Michel Duval, son époux depuis le
2 avril 1973, l'homme de sa vie... Elle tressaillit. Qui
soufflait derrière elle ? On la tripotait, ses fesses
étaient l'objet d'une pression régulière nullement
due au hasard. Impossible de bouger, de s'enfuir.
Hurler ? Son cri servirait d'étincelle et le wagon
prendrait feu. Le salopard qui la pelotait pouvait
tout se permettre à cette seconde, et quand bien
même il lui mettrait la main dans la culotte elle ne
pourrait rien faire... Vaille que vaille elle allait s'égo-
siller quand les ampoules se mirent à clignoter, une
agonie spasmodique, et soudain le noir total régna.
On ne respirait plus. On était sous la masse obscure
de l'eau, on était une bande de rats crevant de peur
à fond de cale cependant que le vapeur naufragé
descendait en enfer.

Un gosse fondit en larmes, une femme réclama
les pompiers, une voix puissante et claire monta,
déployant l'odeur de salami dans l'obscurité.

— AVIS A TOUS, DIEUX ET MORTELS. JE PROMETS
BONNE RÉCOMPENSE EN OR SONNANT A QUI ME RAMÈ-
NERA MES VACHES ÉGARÉES. MES VACHES ? OÙ SONT-
ELLES ? MES VEAUX ? RENDEZ-LES-MOI. ET RENDEZ-MOI
LA TROUPE DE MES GÉNISSES.

— Ta gueule ! hurla quelque part une voix
d'homme au bord de la crise de nerfs.

— DES CRIS A PRÉSENT ? UN BRUIT VOUS AFFOLE ET
VOUS ÉPOUVANTE, CORPS IMPURS, PÉTRIS DE CIRE
MOLLE.

— Ta gueule !

— RESTITUEZ-MOI MES TROUPEAUX ET JE VOUS LAISSERAI LA VIE SAUVE, CHIENS QUE VOUS ÊTES !

Sur ce, la lumière se ralluma et le métro repartit. Qui avait parlé ? Répondu ? La page était tournée, les gens riaient, se confiaient leurs impressions, s'aimaient les uns les autres... Oh ce n'était pas eux, certes non, qui seraient allés dénoncer des voisins juifs aux autorités d'Occupation, chacun fait comme il veut, chacun pour soi. Peu après la rame arrivait à bon port. En entendant chevroter derrière elle une vieille femme pressée de sortir de là, Ioura comprit que son postérieur n'avait été l'aubaine d'aucun désaxé priapique, et tout bas elle demanda pardon à Michel pour son mauvais esprit. Elle soupçonnait à tort et à travers, et plus on l'aimait plus elle soupçonnait ; celui qui prétendait l'aimer ne pouvait qu'être un menteur.

11.

Château-bellevue 1969.
— Vous êtes en retard...
Bras croisés à l'égyptienne, l'homme en queue-de-pie gardait l'entrée du salon-bar où, depuis le matin, se succédaient les candidats à l'épreuve de dégustation. Il avait une moustache cirée, des yeux d'oiseau vicelards.
— Les petits coins sont au sous-sol.
— Merci.
— On ne sait jamais avec les filles.
Ioura leva les yeux au ciel. Elle avait couru comme une folle à travers la place de la Concorde. Elle se demandait à quoi ressemblait son chignon. Autour d'elle, ce n'étaient que surfaces polies, vitrines aux reflets suaves, bijoux somptueux parant des enco-lures de marbre ou se pavanant dans la soie des écrins.
— Vous avez fait l'École hôtelière ?
— Je suis diplômée d'œnologie.
— Bidon !... Un conseil : crachez si vous ne vou-lez pas rester sur le carreau. Ils vont se faire un plaisir

de vous saouler. Vous vous rendez compte ? Une femme !

Sur un clin d'œil l'homme entrouvrit la porte du salon et disparut.

Au sous-sol, avait-il dit... Elle ne voyait aucun escalier, aucun pictogramme lumineux à l'effigie du couple humain. Le type revenait déjà, tirant sur ses manches, essayant de garder son sérieux.

— Alors lui, c'est le pompon ! Le jury est furieux.

Le dernier candidat s'était fait mal voir en laissant tomber dans son verre la goutte qui lui pendait au nez. Ensuite il avait bu et jugé le vin aussi délicat que la morsure d'une jeune vipère, en plus toxique. Ensuite il s'était plaint d'avoir mal au cœur, il avait fallu l'emmener. Encore un qui n'avait pas suivi son conseil, encore un qui confondait boire et déguster.

— C'est à vous, mademoiselle, et comme on dit au casino : bonne chance...

Porte-couilles. Les murs du salon-bar étaient tendus d'un velours grenat assorti aux fauteuils. A droite, un serveur hiératique en blanc trônait derrière un vrai zinc. A gauche les vingt jurés s'alignaient le long d'une table nappée de blanc. On la humait. On s'assurait qu'on ne rêvait pas, qu'elle était bien de sexe féminin. Michel l'avait prévenue : ils vont te reluquer, te déshabiller du regard, ils n'en reviennent pas que tu t'inscrives à ce tournoi de porte-couilles. Mais victime expiatoire ou non, avec ses hauts talons et son fourreau bleu nuit sans manches, elle se sentait belle et prête à courir sa chance. On lui fit décliner son identité et le président la remercia. Il était en blazer à macaron doré, les cheveux teints, et sa voix roulait un accent moyenâgeux.

— Pour quel vin l'ouïe a-t-elle de l'importance ?

— Aucune idée... Le champagne...

— Exact. Le bruit des bulles est révélateur de la densité du gaz. Est-ce le seul ?

— Chaque vin a son glouglou particulier, il faut avoir l'ouïe fine, c'est tout.

— Même le romanée-conti ?

— Bien sûr.

— Le romanée-conti 1945 ?

— Il n'y a pas de romanée-conti 45. La récolte n'a pas eu lieu de 1945 à 1952, les pieds de vigne étant dévorés par les pucerons.

Elle était sûre d'avoir raison, mais ne décelait aucune sympathie sur les visages.

On l'interrogea sur ses motivations et il lui revint que, petite fille, elle trempait l'index dans le verre d'eau-de-vie que sa mère buvait chaque jour en écoutant la radio.

— Quelle eau-de-vie ?

— Dantzig. Je suis d'origine allemande. Mon grand-père était chimiste à Berlin, spécialisé dans la teinture des strass. J'ai moi-même commencé par la chimie.

A ces mots les sourcils se levèrent, elle s'y attendait.

— Si tel est le cas, le mot chaptalisation ne vous est pas inconnu.

— Il s'agit d'une méthode inventée par le Français

Jean-Antoine Chaptal au siècle dernier. Elle consiste en un sucrage artificiel des moûts, avant fermentation alcoolique.

— Criminel, fit un juré.

— Au contraire, affirma-t-elle, un bienfaiteur.

Les criminels étaient ceux qui n'hésitaient pas à chaptaliser les moûts médiocres afin de maquiller les arômes, de fausser les appellations, et bien sûr, de gonfler les prix.

— Sans Chaptal, la Bourgogne aurait fait naufrage en tant que région viticole.

— Voyez-vous ça ! dit le président.

Elle n'avait pas fini.

Incollable sur les divers scandales attachés au nom du chimiste, elle eut le sentiment que son réquisitoire, loin d'épater ces messieurs, les horripilait.

— La Bourgogne n'est pas seule en cause et les grands champagnes eux-mêmes...

— Ça ira pour votre ami Chaptal. Entre chimistes on se serre les coudes, je sais.

Elle se tut, moins vexée qu'étonnée. Elle n'avait pas cherché à frimer, mais à donner son meilleur.

— A présent, vous allez déguster, madame Duval.

Sur le zinc ne l'attendaient pas moins de vingt verres numérotés, aux trois quarts pleins, chacun choisi par l'un des jurés. Les yeux du serveur l'enveloppèrent de sympathie.

— Je commence par lequel ?

— A votre guise. Signalez juste le numéro.

— 5.

— Et qu'est-ce que la caudalie ? demanda le président.

— C'est le temps, répondit Ioura. Le temps comme il existe en musique ou sur le cadran solaire. Pour le vin, c'est le temps des arômes. Plus longue est la caudalie, meilleur est le vin. Le goût fait appel à trois types de perception sensorielle. Dans l'ordre : la tête, le cœur, la caudalie. Suivant les moûts, on favorisera l'une ou l'autre. Les rhums dits *cœur de chauffe* sont des alcools dont on interrompt la distillation juste avant la caudalie.

— Qu'est-ce que la rétro-olfaction ?

— Le temps que met l'arôme, apparemment dissipé, à renaître dans les sinus.

— La robe ? dit le président, et la timidité qui troubla sa grosse voix dérida ses confrères.

— C'est l'aspect du vin.

— Comment est-elle ?

Elle avait déjà préparé sa réponse, mais, pour la forme, elle scruta son verre et le fit tourner.

— Inhabituelle pour un vin rouge. D'un rubis foncé, presque noir. D'après les coulures sur les parois du cristal, il semblerait...

— Ce vin est-il un crémant ?

— Le crémant est un mousseux élaboré comme le champagne. Il est blanc ou rosé. Ce vin rouge ne donnant aucune mousse, il n'a rien d'un crémant.

— Rubis foncé, avez-vous dit. Vous en déduisez quoi ?

Craignant un piège, elle se retint d'être précise.

— Il ne s'agit pas d'un vin français.

Il y eut des murmures ; le président souriait toujours, mais semblait choqué.

— Les graves, et plus encore les languedociens, n'ont-ils pas aussi ce grenat funéraire ?

— En moins éclatant, bluffa Ioura. Il y a là un effet d'émail qui fait toc. Et mon grand-père aurait dit : strass.

— Le nez, s'il vous plaît.

Ioura parla de réglisse, de cannelle, d'algue séchée, le tout croisé d'un effluve qui rappelait ce tabac à pipe hollandais appelé...

Le président lui coupa la parole :

— Un vin hollandais, peut-être ?

— Il n'y a pas de vin hollandais.

— Erreur.

— De vin digne de ce nom, corrigea-t-elle. En tout cas, celui-ci n'est pas originaire des Pays-Bas.

— Goûtez-le.

Au premier abord, elle fut envahie par une sensation de fraîcheur. Au deuxième elle fut déconcertée. Elle n'avait jamais rien bu de semblable et cherchait vainement une origine. S'il s'agissait d'un vin étranger, elle avait perdu.

Le président la défiait du regard, elle se risqua :

— Je pense que nous sommes en présence d'un nouveau venu. Sans doute un vin nord-américain bien fait, sous de bons climats, suivant les meilleurs conseils, mais dans un esprit d'hégémonie dont le résultat pâtit. La saveur est équilibrée, la consistance agréable, mais le plaisir éphémère. En fait, on sent plus la patte d'un viticulteur voyou que le style naturel des cépages. En résumé, ce vin est un escroc. Quant au nom...

— C'est un ridge-monte-bello 1972, du Califor-

nien Draper, et vous venez de le traiter d'escroc.
Poursuivons, s'il vous plaît. A moins que vous ne
soyez fatiguée.

— Au contraire...

Elle identifia neuf régions sur dix, autant de mil-
lésimes et de producteurs, elle rendit hommage au
bouquet puissant du mercurey, vin mystérieux et
presque animal, équilibré par une saveur de griotte,
molécule imaginaire évidemment. Elle oubliait de
cracher, commençait à planer.

Le serveur lui présenta le verre no 3, belle couleur
de mûre ou de pif de cow-boy écrasé par une pou-
liche de bastringue. Elle approcha son nez et reconnut à coup sûr un américain, mais un deuxième
choix. Du picrate, aurait dit Michel. Quelque vin
massif de Nappa Valley, surmusclé, dressé comme
une bête de concours, issu d'une vinification gon-
flette. Elle but une demi-gorgée, mâcha pour la
forme et déglutit distraitement.

— Un beau parleur, déclara-t-elle avec emphase.
Il a la puissance du cabernet sauvignon, un avant-
goût de chêne à merrains, la fantaisie du fruit rouge,
le tonus de l'alcool. Certes il est agréable au nez,
mais le goût précipité nuit à la bonne lisibilité des
sensations. En fait, un ensemble aromatique chargé
masque la finesse du cabernet. Le bois veut signaler
la qualité d'un vieillissement en tonneau, le fruit
rouge veut flatter les gosiers profanes, l'effet de
brouillage est significatif. Outre la standardisation
du goût, il cache peut-être un défaut majeur, comme
le stress hydrique d'une vigne ayant subi des coups
de chauffe, ce qui est la caractéristique de régions

comme Nappa Valley. C'est donc un vin d'outre-Atlantique mal vieilli, d'où cette impression de comestible confit, façon chutney...

Elle se permit de sourire et marqua un temps avant de lancer aux jurés :

— Ce vin jeune déguisé en vin vieux, ce faux grand vin travesti n'est autre que le ridge-monte-bello 1972 que j'ai dégusté en numéro 1.

Il y eut un silence qu'elle crut admiratif, puis les visages se fermèrent et le président toussota :

— Qu'avez-vous dit ?

— Ridge-monte-bello 1972.

— Non, madame.

— Non ?

— Non.

— C'est un américain.

— Non.

— C'est un vin de climats extrêmes, disons un chilien.

— Non.

— Un cabernet sauvignon.

— Non.

Le cœur battant, elle trempa l'index dans son verre et lécha : malbec, syrah, carignan, grenache, mourvèdre, niebolo... Elle perdait pied dans un carrousel d'impressions mélangées.

— J'ai trouvé : c'est un leurre, un vieux malbec d'Argentine, rien à voir avec l'épreuve d'aujourd'hui qui mettait en présence les vins américains et français.

— Ni malbec ni Argentine.

— C'est un cabernet franc.

— Non.

— Il y a forcément une erreur. Goûtez-le vous-même, fit-elle en proposant son verre au président.

— Non.

Elle allait s'effondrer.

— Je ne sais pas.

— Mais si !

— Mais non.

Le président semblait désolé.

— Allons, madame, séchez vos pleurs. Dix-sept dégustations à la file, sans confusion, c'est une prouesse. La fiabilité des papilles décline en général après le sixième test, et la sûreté de vos sens mérite une mention flatteuse. Applaudissements pour madame Duval.

Ensuite il prit ses pairs à témoin.

— Puis-je accorder une deuxième chance à notre candidat femme ?

Ioura but une gorgée, puis une autre, puis elle but jusqu'au fond du verre. Il ne resta plus une goutte de cette lavasse dont elle ne voulait pas savoir quelle était sa provenance. Le sol se dérobait, elle enrageait, elle mourait.

— Alors ?

Elle resta muette et le président souffla :

— Le vin du bonheur, ça vous dit quelque chose ?

Les jurés éclatèrent d'un rire affectueux qui lui parut tonitruant.

— Je donne ma langue au chat, bafouilla-t-elle d'une voix sinistre.

— Un terroir silico-calcaire, onze hectares de vigne, le double en oliviers plusieurs fois centenaires, ça ne vous dit rien ?

— Le Sud, l'Italie, la Grèce, le Portugal... On peut aller jusqu'en Sicile, à ce compte-là.

— Restons chez nous... La fuella et le braquet, des cépages locaux, toujours rien ?

Elle croisa le regard du président.

— Mais oui, madame Duval, il s'agit bien d'un château-bellevue premier cru 1969, VOTRE VIN A VOUS, le somptueux rouge offert par votre mari pour sa ravissante épouse, la cuvée spéciale Ioura Duval, le vin de l'amour qui vous fut servi ce matin même à l'hôtel Lutétia, mais d'abord à votre mariage, le 2 avril 1973, j'y étais...

12.

Sleeping. Michel se crut le jouet d'une illusion. Les gens qu'il voyait blablater depuis un moment sur le quai : la grosse au landau, le pépère à casquette et clébard, le couple d'Africains fraîchement tombé du cocotier, le porteur squelettique en salopette s'éloignaient sans bouger. Le train roulait, bordel, on partait, la sonnerie carillonnait. Bousculant une jeune femme il prit sa place à la fenêtre et tendit la tête à l'extérieur. La nuit, la pluie, les néons des marquises et de grosses pendules navrées à hauteur de prunelles – 20 h 27, Ioura n'était pas là. »

Il remonta la vitre en jurant. « Bien fait ! » ricana la fille, et comme il se retournait il reçut au visage la fumée d'une cigarette à la menthe.

Revenu dans son compartiment-couchettes il avala un comprimé. La belle surprise, l'idiote surprise tombait à l'eau. Un montage si bien réglé. Il était arrivé au Lutétia avant Ioura. Il avait pris l'avion, tout simplement, tôt le matin. Il lui avait téléphoné de la chambre à côté, la 308, jubilant, assis derrière le mur, de mèche avec la direction, avec Charles. Il avait passé la journée sur ses talons, jusqu'au moment où le portillon s'était rabattu sous son nez. Pas d'importance étant donné qu'ils repartaient *ensemble* par le wagon-lit, ce que lui savait, elle non. Il se faisait une fête de cette nuit d'amour au fil des rails. Et la prochaine fois qu'ils s'aimeraient, maintenant, ce serait quand, mon ami ?

Il surveillait le couloir, il espérait la voir arriver, enjambant les sacs à dos, les corps affalés des bidasses, mais il n'y croyait guère. Il s'était produit cette petite chose qu'il craignait depuis qu'elle avait consenti au mariage, au mirage, au conte de fées, au baiser du vieux prince qui l'endormait préférant l'émerveiller plutôt que se montrer sous un jour vrai. L'oiseau s'était envolé. Ioura en avait eu assez de lui, d'elle avec lui. Assez d'être jeune et lui vieux. Assez d'exister au présent dans l'histoire d'un homme résigné au passé, à l'imparfait. Assez de mentir sous couvert d'aimer. Comment l'amour fou, pour un individu quelconque, si doué fût-il, se satisferait d'un tête-à-tête où la quête sensuelle du vin fait oublier le drame des vies, où la mémoire se dissout comme un tannin dans la devise de la Nation ?

Mais s'il était venu la chercher à la gare de Lyon, par surprise, c'était pour ouvrir son cœur et la demander en mariage une seconde fois après qu'elle eut entendu ce qu'il lui avait caché, pas sûr, et compris qu'il s'était beaucoup avancé en l'aimant. Peut-on prévoir les sentiments, même à cinquante ans, même à soixante ? Peut-on s'imaginer qu'au Sporting, un jour ordinaire, une gamine en acrylique bleu pétrole va vous refuser son regard ? Et qu'à partir de là on se damnerait pour laper la chair de poule entre ses omoplates ? Il ferma les yeux et, sous la pulpe de ses doigts, sentit frémir la chair absente de cette fadette que peut-être il ne toucherait plus jamais.

Trois heures moins cinq. Le wagon tanguait violemment. A travers le martèlement des roues, Michel entendait battre son cœur. Il sortit du compartiment et son reflet surgit dans la vitre obscure, une sale gueule de vieux jeune homme aux prises avec de vieilles pensées. Il lui donna un coup de poing, se bousillant les phalanges. Autrefois il se passait les nerfs à la cave, il tirait au pistolet sur des bouteilles de vin. L'image de Zoff apparut, disparut. Affaire réglée. Fini, les épouvantails à tête de mort pour qui l'honneur s'appelle fidélité, cette morale du connard antijuif, et quand ça chauffe il fait dans son froc, il a peur de la taule, du poteau, des chasseurs de nazis, il appelle son vieux pote à l'aide, c'est ça ou il fait sauter la baraque, il raconte tout à Ioura... Ce qu'on rigole, pensa Michel, et subitement un trait de génie lui révéla qu'elle était peut-être à bord du train, et il partit à sa recherche, mû par un espoir fou.

Les compartiments avaient leurs rideaux tirés, ça roupillait. Il saisit la poignée d'une porte et la secoua. Ça roupillait mais verrou tiré, c'était prudent. Il remonta le couloir d'un premier wagon, d'un autre, il secouait les poignées l'une après l'autre. Et voilà qu'une porte joua sur la glissière et qu'il fut au seuil d'une oasis. Il entra sans hésiter et referma derrière lui. Il percevait une respiration saccadée,

inhalait une merveilleuse odeur de menthe au printemps. Son regard se faisant à l'obscurité, il distingua
la pâleur noyée d'un soutien-gorge et deux yeux
ouverts, pas très loin des siens, et comme un sourire
de bienvenue. On le regardait, il regardait. Que la
vie est belle...

13.

Patriote. Il gara sa Mercedes à midi et demie, devant les éditions Eterna. Avant d'entrer dans ce fourbi sans nom, il espionna Charles à travers les lames déglinguées du store. Un vieux clebs, voilà ce dont il avait l'air, courbé sur des manuscrits épars, un vieux clebs teigneux, le museau dans l'écuelle. Un phénomène, ce garçon. Pas d'existence à lui, pas d'amis, pas la moindre rêverie dans l'œil. Le soir, il rentrait couper la viande au chat, bisouiller sa tante et griffonner sous l'abat-jour on ne sait quelles inepties sur le génie militaire français des années noires, sur un pays lâchement accusé par les Rosbifs d'avoir concouru à la Solution. Ensuite, il s'endormait tout habillé dans son blazer mille-raies et bavait dix heures d'affilée. A l'aube, il replongeait dans les manuscrits.

— Belle journée, dit Michel en poussant la porte.

Charles ne leva pas les yeux, mais une lueur s'anima dans ses lunettes. Un clebs aurait remué la queue.

— Je pense que vous faites allusion aux municipales, monsieur Duval. Le résultat n'aura pas surpris les Niçois.

— Certes, et notre sempiternel nouveau maire n'est pas Médecin malgré lui...

Charles émit un reniflement en guise de sourire.

— ... si, justement, un médecin ! reprit Michel en venant frapper les mains à plat sur son manuscrit.

Suffoqué, Charles accorda son précieux regard de brume à l'intrus.

— Mais vous êtes blessé !

— Un prédateur s'est introduit dans mon wagon-lit, un oiseau.

— Un oiseau...

— Une chouette à moitié bigleuse. Elle a profité d'un arrêt du train en rase campagne. Elle m'a frôlé, j'ai eu peur. Elle m'a jeté ses ongles au visage : à sa place vous auriez fait quoi, mon cher ?...

Charles restait sans voix. Il ne proposait même pas les secours de sa pharmacie personnelle, une boîte blanche où il stockait aussi des bonbons.

— Vous êtes couvert de sang, monsieur Duval.

— Ce n'est pas une raison pour vous faire des idées, ma femme n'y est pour rien. Une chance qu'elle ait raté le train. Elle aurait les yeux crevés, à l'heure qu'il est. Elle n'a pas téléphoné ?

— Non.

Il se nettoya au robinet du coin cuisine, passa une chemise propre et revint à son bureau.

— Attendez-vous à ne pas la revoir de sitôt. Nous avons eu un différend sérieux, à Paris. Mais sachez qu'elle a décroché la deuxième place au concours... Pas mal, non ?

— Le premier exemplaire du Valois est arrivé, murmura Charles.

Ce tocard ne l'avait même pas écouté. Il méprisait Ioura, buvait de l'eau, à ce point dégoûté par l'alcool qu'il s'interdisait la viande, ayant ouï dire que la ration des ruminants contenait de la bière, un accélérateur de digestion.

— C'est une réussite, monsieur Duval, regardez-moi ça.

Le Valois, un inédit sur le bolchevisme, avait pour auteur le premier fondateur du Faisceau français, en 1945. Charles avait rencontré les descendants, négocié les droits, pointé les pensées litigieuses, conçu jaquette et typographie, il se prenait vaguement pour l'auteur de l'essai.

— Je vous parle de Ioura et vous me répondez Faisceau, c'est un peu gros, non ?

Charles se voûta.

— Sous-entendriez-vous par hasard...

— ... que ce chef-d'œuvre pue l'antisémitisme à pleins naseaux ? Parfaitement !

— Moi dont la plupart des amis sont juifs, monsieur Duval, comment...

— C'est votre côté philatéliste, Charles, soyez lucide. Allons donc manger un morceau chez les juifs que vous aimez tant, je vous invite. Il y a une table israélite à deux pas d'ici, le pur style cashrout et papillotes réunis. Apportons-leur ce Valois dont nous sommes si fiers, nous, leurs fidèles amis !

Ils furent à L'Étoile de David, assis côte à côte sur une moleskine rouge, et Charles laissa Michel commander. De toute manière il n'avait pas faim. Il ergotait, revendiquait en bafouillant ses convictions. Il tenait à saluer ces jeunes au cœur pur de 1925, fascistes par tradition d'un pays propre et fort, tous des amoureux de la maison France en tant que fils d'anciens combattants, mais racistes non, antisémites encore moins, à la rigueur sceptiques devant le citoyen d'origine étrangère qui tient pour première son appartenance à la religion.

— C'est ton père qui doit bicher, dit Michel.

— Mon père ?

— L'homme de Vichy, ton père ou ton oncle, on sait ce que c'est les familles bourgeoises, elle est bonne fille la maison France.

— Alors là...

— Écoute-moi, fiston, tes petits saints au cœur d'or je m'y suis frotté, tes patriotes en peau de prépuce, tes Européens du dimanche je les ai vus défiler, regarder l'azur, leur *Marseillaise* à la bouche. Ça, la maison France, ils en étaient coiffés, ça chantonnait sec à la veillée sur les hauteurs de Cimiez. Et pour la langue, ils ne l'avaient pas dans la poche du voisin, ils causaient des mots bien de chez nous, ils appelaient Pétain leur *sauveur*, ils appelaient *boches* les Allemands, *gueuse* la République, *salopards* les cocos, *métèques* les étrangers établis au pays du bon vin, *négros* les Noirs, *youtres* les juifs et *racailles* les résistants de tout poil... Tourne la page et tes vaillants coquelets tu les vois contrôler dans les rues, devant tout le monde, si les petits vieux ont une bite réglementaire, une bite française. Tourne la suivante : ils crachent sur les femmes enceintes et font signe aux enfants qu'on va leur couper le bout du nez. Tourne encore et tu ne sais pas ? Le vent a tourné entre-temps, mais les coquelets sont toujours aussi zélés, aussi patriotes. Ils barbouillent des croix gammées sur les nibards des femmes tondues. Ils collent au poteau les jolies filles, trop jolies pour eux. Ils tiennent leur revanche, qu'est-ce que tu crois, ils vont en Allemagne habillés en GI's, ils sodomisent les blondinets et même les mulets, des fois qu'ils penseraient mal, c'est la grande toilette de la maison France, elle se trémousse toujours quand Zorro lave plus blanc !

Michel reprit une gorgée de vin. Excellent, ce brunello-di-montalcino. Le vin préféré de Mussolini. Il en envoyait des trains entiers au chancelier du Reich, l'introuvable cuvée 1934, la cuvée mythique. Et c'est en 1934 aussi que le Duce avait osé dire au Führer que sa révolution copiait la sienne et que *Mein Kampf* aurait dû s'appeler *Il Mio Combattimento*.

— Alors, Charles, on répond quoi ? Que dalle ? Et si on allait au bordel après le déjeuner, ça nous ferait du bien, juré, ça viderait les abcès. Vous êtes déjà allé au bordel ?

— On ne vous comprend pas toujours, monsieur Duval.

— Ce n'est pas comme vous...

Charles refusait la vie. Il ne s'intéressait qu'au brouhaha désincarné des manuscrits. Le seul être vivant qu'il respectait comme un livre était ce chat noctambule qui l'écoutait seriner la litanie mortifère des éditions Eterna : *Les Finances du Maréchal... Les Causes militaires de notre défaite... Hitler, que nous*

*veut-il ?... Racisme et christianisme... Un fascisme à
la française...* Miaou-miaou, Mistigri, toi bon chat,
moi bon rat, bon patriote. Et, de but en blanc,
repensant à sa femme, à son amour, Michel se mit
à détester son métier d'éditeur porté aux extrêmes,
cette rage de haïr dont il avait fait son *carpe diem*
en sortant de Clairvaux, après un laps de détention
qu'il n'avait pas volé, ma foi, il le savait. Il n'avait
plus le cœur à détester personne, il aimait Ioura. Il
se rappelait la première fois qu'il lui avait touché la
main, la première fois qu'il l'avait serrée contre lui
et qu'elle s'était mise à rire, gênée, la première fois
qu'il avait posé ses lèvres sur les siennes, et ce n'avait
pas été une mince affaire vu qu'elle ne s'y attendait
pas, et juste avant d'ouvrir la bouche elle avait dit
des mots d'une voix désolée : « Ah ! là, là ! ce n'est
pas raisonnable... » Et aussi la première fois qu'il
avait senti frémir son sexe nu sous ses doigts.

— Amoureux, Charles, vous l'avez été ?

— Comme tout le monde.

— En ce moment ?

Charles se tortilla sur la moleskine.

— C'est privé, monsieur Duval.

— Parfait parfait, le taquina Michel.

Ses blessures au visage le faisaient souffrir. Le
fauve s'était acharné. Il avait quatre plaies coulantes
autour de chaque œil. Terribles, ces jolis bestiaux,
quand on les surprend dans leur sommeil et qu'on
veut juste s'allonger auprès d'eux.

— Et de nous deux, Charles, à votre avis, lequel
est le plus antisémite ?

— J'ai du travail, monsieur Duval, excusez-moi.

— Va donc bosser, lui dit Michel en rasseyant le secrétaire d'autorité, et il maintint son bras plaqué sur sa poitrine. Mais d'abord une petite réponse de ta part me soulagerait d'un grand poids.

La réponse ne se fit pas attendre, exprimée d'une voix sifflante de rage :

— Ai-je vraiment mérité, monsieur Duval, que vous me preniez pour un lézard au service d'un crotale ?

— C'est français, ça ?

— Je travaille pour vous depuis neuf ans, je connais par cœur vos provocations, mais si vous étiez le moins du monde antijuif, croyez-moi, vous devriez vous passer de mes services.

Il saisit la cravate de Charles et la tordit comme s'il allait l'étrangler.

— Et tu veux me faire gober ça, merdeux ? Tu me donnes des leçons ? Tu ne la méprises pas, sans doute, ma petite sommelière, ma juive ? Je sais très bien ce que tu penses d'elle et du couple que nous formons, elle et moi. Mais quand on a les dents farcies à la chicorée comme tu les as, on ne se demande pas si les autres ont mauvaise haleine, on se fait coudre la bouche !

14.

In aqua veritas. Il proposa une balade en mer. Il espérait lui changer les idées, la retrouver. Elle était rentrée à Bellevue sans fournir d'explications. Les efforts qu'elle faisait depuis pour sembler naturelle lui mettaient les nerfs à vif. Elle regardait son mari avec une sorte d'interrogation vague, et c'est lui qui l'avait amenée à ce point de non-retour. Il n'osait plus la toucher, l'embrasser.

Un matin, ils arrivèrent au vieux port.

— Le *Nomadic*, dit-il.

Quiconque voyait se réfléchir dans l'eau cette jolie barque en bois bleu, si pimpante avec son pont latté, sa cabine à baies vitrées, son étrave en pointe et son bastingage en laiton, ne pouvait que désirer naviguer. Mais s'il enchantait l'œil, ce canot provençal avait une lubie. Ayant quitté l'anneau et pris son élan, il se mettait à bouger. Comme tous les bateaux, avec peut-être une sensibilité supérieure à la moyenne, il accusait un effet pendulaire atrocement régulier. Mis à part Michel et les pratiques locales, pas un être vivant ne réchappait d'une croisière en *Nomadic* sans éprouver un raisonnable sentiment de haine envers le genre humain.

— ... Mon père le vénérait comme une divinité. Il le touchait, me faisait monter dessus avec l'autorisation du propriétaire, un pêcheur. Il était entendu qu'un jour il l'achèterait et que plus tard j'en hériterais. C'est moi qui l'ai acheté. J'ai failli le débaptiser pour lui donner le nom de mon père, Daniel, mais les bateaux n'aiment pas changer d'état civil, ça porte malheur.

— Et les humains.

— Ils n'ont pas toujours le choix.

Il était midi. Les cloches des grands-messes batifolaient dans l'azur brumeux. Ils embarquèrent peu après. Dans un régulier teuf-teuf le *Nomadic* glissa vers la sortie du port. Ils croisèrent le ferry *Provence* et furent enveloppés d'une grande ombre fraîche, pour la dernière fois. Doublé le bout du môle, ce fut une chaleur de fournaise.

— Alors, madame la sommelière, ce n'est pas merveilleux, cette mer sans océan, cet immense bleu, tout ce pinard à zéro degré ?

Faisant décrire un demi-cercle au bateau, Michel pointa l'avant sur un cap Saint-Jean noyé de chaleur.

Le soir venait. Ils étaient mouillés sous les pins, dans une boucle d'eau turquoise. Amarré par l'avant à une branche, par l'arrière à son ancre que l'on voyait posée sur un fond sablonneux, le *Nomadic* balançait une rêverie sans fin, seul hôte de ce paradis. C'était profond sous la coque, et d'une transparence de cristal, et dehors c'était bleu foncé : dehors c'était la mer, et dessous un aquarium édénique pour poissons rouges d'appartement. Le *Nomadic* ombrageait l'aquarium à gauche, à droite ; par instants le gouvernail grinçait.

Vent nul, mer d'huile, avait dit la météo, le temps rêvé pour déambuler sous les ondes en palmant.

Affalé contre les batayolles, le bob rabattu sur le front, Michel regardait Ioura nager. Elle flottait les yeux fermés, bras loin du corps, cheveux étalés, mains en nénuphar, les seins à fleur d'eau. Le mont de Vénus émergeait, illuminé de gouttelettes.

Il l'épiait, elle aussi.

— Je me sens bizarre, dit-elle en remontant l'échelle.

— Mange donc un morceau, bois un coup. Tu trouveras des patches anti-mal de mer dans la pharmacie.

Elle enfila un minislip rose, passa une liquette et descendit chercher leur pique-nique à l'intérieur. Une merveille de petit cul, pensa-t-il avec mélancolie. Déjà loin l'époque où elle hurlait de plaisir. Nous n'avons plus en commun que des reproches à nous faire.

— Dis donc, fit-elle après avoir goûté le vin, c'est du bellet, ça, la concurrence, vachement bon... Autre chose que ton bellevue auquel je ne comprends rien. J'ai dû passer pour une conne, à Paris, je m'en fous. Ça, c'est du vin de pays, une grâce naturelle, une simplicité, du fruit. Si vous étiez moins prétentieux, là-haut, avec tous vos mélanges à la noix, un peu de ceci, un peu de cela, le chic français... Alors, pourquoi tu nous as sorti des verres de cristal sur un bateau de pêche ? Mystère.

— Tu t'es mis un patch ?

— J'en ai mis deux, un à chaque oreille.

Elle exhiba ses lobes pastillés de caoutchouc vert.

— Tu vas aller beaucoup mieux, dit-il en souriant. La scopolamine est souveraine contre la nausée.

Il s'agissait d'un alcaloïde utilisé par les nazis comme sérum de vérité. C'était souverain contre la nausée, d'accord, mais aussi contre la dignité humaine. Michel revoyait Zoff parlant aux sujets scopolaminés comme à des innocents qu'il ne fallait ni brusquer ni questionner, car d'eux-mêmes ils livraient ce qu'ils avaient sur la conscience, ils en pleuraient.

— J'ai pris le métro, à Paris, direction PORTE DE LA CHAPELLE, on est allé à SÈVRES, à BABYLONE, à CONCORDE, on est tombé en panne sous le tunnel.

— Tu as eu peur ?

Elle n'entendait plus. Elle papillonnait d'une mémoire à l'autre avec un sourire enfantin, elle énumérait les cépages, les grands crus classés du Bordelais, elle ânonnait des formules de chimie, parlait de cet horrible type chauve qu'elle avait surpris dans le parc en train de semer des pièces allemandes. Ses propos n'étaient plus reliés par aucun fil de causalité.

— Tu n'as toujours pas lu la nouvelle de Salinger, *Le Poisson-banane* ?

— Et tu veux que je la lise ?

— Trop tard.

Le regard de Ioura partit vers la mer et dans le

balancement du *Nomadic* sa liquette bâilla, laissant voir deux magnifiques seins brillants de sueur.

— Rentrons à Nice, s'il te plaît, j'ai quelque chose à te montrer.

— D'accord, ensuite tu m'écouteras, tu me croiras.

— Et dis-moi, vieux sorcier matois, c'est normal que j'aie sommeil ?

— Tu n'as qu'à dormir.

Il tendit la main vers la clé de contact. Un voyant rouge s'alluma faiblement puis s'éteignit. Il pressa le bouton du démarreur. Rien. Il recommença. Il se tordit le pouce à force d'écraser ce téton noir à la gomme. Le *Nomadic* se balançait, l'ombre des pins rampait sur l'eau.

— Enfoirée de batterie !

— Ça veut dire ?

— Qu'un démarreur réagit à une stimulation électrique et que le frigo a tout pompé.

— Il y a le moteur hors-bord, dit Ioura en montrant le Seagull attaché au balcon arrière.

— Il n'a plus d'hélice.

— Tu l'as fait exprès ! dit-elle, tu n'es qu'un faux jeton.

Toujours en petit slip rose elle se rendit à l'avant, tira sur la corde et revint à l'arrière en répétant qu'elle s'en allait. A l'arrière c'était la mer et la nuit tombante ; elle repartit à l'avant, s'évertua sur la corde et la branche du pin remua dans l'ombre ; des chauves-souris s'égaillèrent sans bruit.

Fatigué par ce numéro d'animal en cage, il fit un

geste pour l'arrêter. Elle se faufila comme un renard et quand il l'attrapa, elle essayait de se jeter à l'eau.

— Tu veux me violer, je rentre à la nage.

La tirant par les cheveux, il remonta sur le pont cette folle qui lui tapait dessus et qu'il dut coucher à plat ventre de tout son long. Il avait sa chevelure bien en main, le genou entre ses omoplates, elle pouvait se tortiller autant qu'elle voulait. Chaque fois qu'elle parvenait à soulever la tête, il la laissait faire et la tête finissait par retomber sur le pont avec un bruit sonore de noix de coco. A ce rythme, elle allait s'assommer. Il voyait briller un œil noir mélancolique et il avait envie qu'elle s'endorme, envie de dormir, lui aussi, et d'un battement de paupières effacer tout ça.

Il faisait nuit, le *Nomadic* se balançait.

Mise à disposition. Il était couché contre Ioura quand il revint à lui. Il tenait toujours sa chevelure, mais à peine eut-il retiré sa main, les doigts engourdis, qu'il oublia si la tête était vivante ou froide. Il distinguait un corps légèrement tordu, une jambe nue passée entre les filières du balcon, l'autre repliée, la liquette repoussée en accordéon sur les seins ; le visage rejeté dans l'obscurité bougeait au rythme du *Nomadic*, une joue luisait.

Il se releva. Des images se bousculaient en lui, des gosses escaladant un phoque mort échoué sur le sable, des chevaux carbonisés, des cadavres pareils à des nouilles froides, empilés sur un wagon, un train fantôme errant sous la neige, emportant nulle part les pleurs de cette foule arrosée de phosphore.

Il enjamba Ioura, saisit les montants de l'échelle et se laissa dégringoler dans la cabine. Il grelottait. Il but tant qu'il pouvait au robinet de l'évier. Il ne supportait plus qu'on meure, qu'on crie par sa faute, il en perdait la raison. Se retournant, il vit se détacher sur le hublot noir du roof une main pâle aux doigts écartés, on aurait pu lire dedans son crime éternel, tous ses crimes.

Remonté sur le pont, il ne se résignait pas à porter les yeux sur elle. Il apercevait à l'avant l'ombre chinoise des pins. Il se forçait à baisser les yeux quand l'angoisse le cloua. Le corps de Ioura avait disparu.

Comme il se penchait, désemparé, des bras l'encerclèrent et dans l'oreille il eut une voix d'ange : « Mon amour... » Il fit volte-face et trouva la bouche fiévreuse de Ioura, le corps félin d'une femme qu'il s'imaginait avoir tuée. Ils s'aimèrent comme au soir de leur mariage.

L'odeur de la nuit changea, l'aube approchait. Ils étaient enlacés sur le pont.

— Je t'aime tant, soupira-t-il, et jusqu'au petit garçon que son père habillait de blanc disait à Ioura : Je t'aime tant.

Il se redressa.

— Tu as la tête dure, je m'en veux.

— C'est moi qui m'en veux.

— De quoi ?

Elle murmura : « Daniel », éclata en sanglots et s'agrippa des mains aux filières, le front sur le câble.

— J'ai pris le même train que toi, l'autre nuit. Je t'ai croisé dans le couloir, mais tu étais comme fou. A Nice je suis allée chez ma mère, elle me manquait. Elle m'a donné la photocopie d'un document qu'elle a reçu par la poste ces jours derniers. Et celui qui l'a expédiée n'est sûrement pas un ami. Ça la concerne, mais pas qu'elle, il faut que tu voies ça... C'est une mise à disposition datée du 1er septembre 1942.

15.

Edmond Zoff
Intendant régional par intérim
De la Brigade spéciale 5

1er septembre 1942

Monsieur le Commissaire principal Blayo,
Chef de la 3e Section

Je fais conduire à vos services la nommée :
FLEISCHER Miriam, née WEISLAND, le 30 octobre 1920 à Fürth (Allemagne), d'origine allemande et de race juive, ayant acquis la nationalité française en 1937.

La susdite est veuve, domiciliée 5, rue Lou-Gassin, à Nice, Vieux-Port.

Appréhendée dans les circonstances énoncées aux rapports des inspecteurs de notre Service.

Son arrestation est consécutive à la découverte en son domicile de documents d'inspiration communiste, et, d'autre part, à l'infraction régissant *le séjour des juifs sur le territoire national ainsi que l'ordonnance visant le port de l'étoile jaune.*

La visite domiciliaire a été motivée par une demande d'enquête des autorités allemandes (Service SD, 11 bis rue des Saussaies, Paris 8ᵉ).

Je vous transmets la note des autorités allemandes ainsi que le rapport détaillé de notre agent détecteur Daniel, de la Brigade spéciale 5.

Il y aura lieu de répondre à la note allemande sur la femme FLEISCHER *et de faire connaître aux Allemands la décision prise.*

L'Intendant régional,

Edmond Zoff.

— *Daniel*, dit Ioura, c'est le prénom de ton père, mais c'est aussi ton deuxième prénom ?

— Bien sûr... Daniel est le quatrième des grands prophètes dans la tradition chrétienne ! Grâce à lui Nabuchodonosor admet la suprématie de Yahvé. Son existence n'est qu'une hypothèse.

Il serra le bras de Ioura par-dessus la table. Il avait des crampes d'estomac, ne pouvait plus dîner. Il avait supporté la guerre assez facilement, il osait se l'avouer ; mais la tristesse d'un seul aveu à Ioura lui retournait les sangs.

— C'est quoi, un agent détecteur ?

— Un mot bidon pour désigner un indic, je suppose.

— Mais qui a bien pu envoyer ce truc à ma mère ?

— Comment le saurais-je ?

Comment ne le saurait-il pas ?

— Ma mère a passé deux mois à l'hôtel-prison, six mois au fort de Bellevue. Elle s'est échappée le 4 avril 1943, on l'a reprise à Paris et internée à Drancy, elle figurait sur le registre du convoi 61 pour déportation à Birkenau, le 20 novembre 1943. Elle a attrapé la scarlatine entre-temps et c'est à Gurs qu'on l'a déportée en décembre 43... Quel sale môme, ce Daniel, il charrie vraiment, tu ne trouves pas ?

Elle parlait d'une voix pâteuse et guindée, les lèvres comme engourdies par de la novocaïne. Il n'eut pas la force d'articuler oui. Il se sentait vieux. Il ne désirait plus que le calme et la paix, dormir profondément d'un sommeil sans rêve.

Alors elle posa la question qu'il avait espéré ne jamais entendre :

— Ce Daniel, c'est qui ?

— Ils sont des centaines, Ioura, des milliers.

— C'est toi ?

— Moi ?...

— J'ai juré à ma mère qu'elle se trompait, je l'ai giflée.

Ils se regardèrent, il redevenait un môme en la regardant, il redevenait Daniel, le mouchard à tout faire et tout dire, à tout supporter. Il aurait pu s'endormir sur-le-champ.

— Je ne t'en veux pas si c'est toi. Tous les enfants sont bavards.

— Les enfants, c'est vrai...

Les mots se brouillaient dans sa tête, ils résonnaient, se mêlaient à d'autres mots, à d'autres voix qui riaient de lui par-dessus les années.

— Mais les alcooliques aussi, lâcha-t-il en baissant les yeux, tu veux savoir quoi ?

— Qui tu es.

— Et qui tu es toi ? Allez, viens.

La dégustation. Ils arrivèrent au magasin des expéditions. S'éclairant d'une lampe à pétrole, ils contournèrent les piles de caisses alignées dans l'ombre, et passèrent la porte vitrée du bureau, Michel referma. Sous le tapis de coco il souleva une trappe de métal. C'est là, dit-il, en montrant le colimaçon d'un escalier. En bas l'air était moisi. A leurs pieds dansaient les ombres d'une galerie dont les parois portaient des inscriptions allemandes en lettres gothiques et des flèches à moitié effacées par un suintement blanchâtre.

Après quelques pas, la galerie fit un coude et devant eux se dressa une porte en fer mangée de rouille, plaquée d'un X d'acier riveté. Michel l'ouvrit d'un coup de pied.

— Une chapelle des Templiers, soupira-t-il, revue et corrigée par la police allemande en 42.

Il alla poser sa lampe sur une table installée au fond d'une pièce ronde apparemment vide. La flammmèche ondulante révéla des casiers à bouteilles empoussiérés, un lavabo, mais aussi un meuble de bois mastoc supportant un standard téléphonique d'un autre âge. Il y avait encore les fiches enfoncées dans les douilles, l'écheveau grisâtre des fils, les appareils côte à côte. On aurait dit qu'ils pouvaient sonner incessamment, que l'Histoire allait appeler en vociférant et le cauchemar recommencer.

Michel s'assit dans le fauteuil derrière la table et fit asseoir Ioura devant lui, sur le tabouret.

— Ces galeries sont d'anciens aqueducs romains. Elles servaient d'antenne au Commissariat régional aux affaires juives, et cette chapelle de salle d'interrogatoire. Elle connaît la gamme complète de la corde vocale humaine, dans l'espoir comme dans la douleur. J'occupe en ce moment le fauteuil du chef de la Milice, le capitaine Zoff, et toi, le tabouret des témoins, le plus souvent des juifs.

Il gonfla ses joues, se râcla la gorge, il ne s'en sortirait jamais.

— Tu n'imagines pas comme on en parlait, des juifs, à cette époque-là. On en parlait tout le temps. Aujourd'hui on ne peut plus dire ce mot, *juif*, sans qu'il te reste collé au palais, sans déglutir de honte. Mais autrefois, rien qu'à la manière dont tu disais *juif*, tu te faisais des potes ou tu t'attirais des ennuis. La rumeur c'est qu'on s'était enjuivé au-delà du raisonnable et qu'on en crevait, qu'il fallait désenjuiver la baraque, se débarrasser d'eux, les expédier quelque part au bout du monde, dans les meilleurs délais, les gens fortunés proposaient leur fric pour monter l'expédition. La presse ne se gênait pas pour citer les îles perdues où l'on aurait eu tout intérêt à les envoyer : Sumatra, Ceylan, Cuba, Madagascar. Ah ça, Madagascar !... Et les îles à juifs ont vu le jour, ma vieille, ce sont les nazis qui les ont instituées, tu connais leur nom aussi bien que moi...

Il baissa la voix.

— Je ne suis pas antisémite, Ioura, pas plus que
ça, crois-moi, je vivais avec mon temps.

Elle ne disait rien mais il était sûr qu'elle écoutait.

— Tu sais ce qu'il y a, dans le tiroir ?... Un nerf
de bœuf...

Il était séparé d'elle par une lampe-tempête. Dire
que son mariage et son amour, toutes ces lunes de
miel illuminant leurs nuits depuis un an n'avaient
été qu'une mise en scène pour en arriver à cette
gabegie.

— Les bouteilles que tu vois dans mon dos sont
des bouteilles volées. Aux juifs, mais pas seulement.
Elles proviennent aussi des caves de paysans ou de
vignerons qui planquaient chez eux des enfants juifs.
Il y avait également des objets d'art, mais je les ai
vendus presque tous...

Londres, Paris, New York, il avait écumé les
ventes aux enchères, soudoyé les commissaires-
priseurs... Se balançant dans le fauteuil, il saisit une
bouteille au hasard et frotta l'étiquette à la lumière
de la lampe.

— Erbacher-marcobrunn, cépage riesling cabi-
net de 1934, mazette !

Il prit un tire-bouchon dans le tiroir de la table
et but au goulot.

— Évidemment, une décantation n'aurait pas été
du luxe, mais la finesse est bien là, une saveur miné-
rale, je dirais. Une saveur d'étoile si les étoiles ont
un goût.

Elle restait silencieuse, elle regardait à travers lui.
Chacun sa solitude. Il déboucha une autre bouteille,

un château-cheval-blanc 1927. Il en but un bon tiers d'un même trait.

— Celui-ci vous a une petite note de sueur humaine qui n'est pas piquée des vers. Il arriverait de Cayenne que ça ne m'étonnerait pas.

Il but du haut-brion, du pommerol, du château-neuf-du-pape, de la turque, du baume-de-venise... Plop des bouchons, glouglous. Les bouteilles encombraient la table. Il alla chercher un gobelet de fer au lavabo, l'essuya comme il pouvait avec un pan de sa chemise, se rassit. Il parlait à Ioura par-dessus les goulots, il éprouvait l'exaltation du pécheur au confessionnal.

— J'étais à bicyclette quand Zoff m'a arrêté, en mars 42. J'avais tout faux : le couvre-feu, l'appareil photo dans la sacoche, pas un rond, pas de papiers, et, manque de bol, un connard avait semé dans le secteur des tracts tout frais avec des croix de Lorraine. Zoff croyait que c'était moi. Il m'accusait de planquer une Roneo, il voulait me refiler aux Allemands...

Il inonda son pantalon en se reversant à boire. Il transpirait, perdait de vue Ioura dans un tournoiement de formes enchevêtrées, des anneaux rouges se mêlaient, se désemmêlaient.

— ... Et puis il m'a gardé avec lui.

C'est alors qu'il était entré au Service d'ordre légionnaire, qu'il s'était mis à filmer des flics à cravate noire, leurs prises d'armes place Masséna, leurs défilés, leurs rassemblements chantés aux arènes de Cimiez, leurs fêtes de sainte Jeanne d'Arc. Si l'on veut, ça n'était pas méchant. Il photographiait, four-

nissait en clichés les boches, les familles, les Actualités, une presse du jour lèche-cul à souhait. Et le
soir il n'était pas rare qu'il dormît à Bellevue, dans
cette chapelle des lamentations juives, sur un lit de
camp.

Il se racontait en buvant, faisait tourner son verre,
scrutait les prunelles rouges qui s'élargissaient. Un
seul homme et tellement d'yeux. Un homme seul
jugé à l'aune de cet innommable bordel, jeté dans
le box des fauteurs de massacres, prié d'assumer
aussi, avec les bouchers de race aryenne, l'abjection
d'une postérité comme l'histoire humaine n'en avait
jamais connu.

— J'étais leur photographe et leur petit péque-
naud. Ce n'était pas méchant, non, sauf quand ça
l'était. Je savais taper à la machine des dix doigts, et
comme un con je leur avais dit. Parfois je tapais pour
eux. Ils interrogeaient leurs témoins et je tapais les
déclarations.

Il ajouta :

— Ensuite j'allais gerber.

Le vin se décomposait, son cœur battait dans le
bruit des mots.

— Un jour Zoff m'a convoqué, un 1ᵉʳ septembre
1942. J'étais à ta place, sur le tabouret, il était à la
mienne. Il m'a lu la lettre anonyme d'un *voisin*
concernant une jolie personne mal vue dans leur rue.
Le voisin réclamait son expulsion, faute de quoi il
s'adresserait aux Allemands. C'était la mienne, la
rue, la rue Lou-Gassin, et Zoff m'a demandé si je
connaissais la personne à expulser. J'ai dit oui, bien
sûr, de vue, il n'avait d'ailleurs aucun doute. Il m'a

demandé si je savais qu'elle était communiste et j'ai dit non. Si je savais qu'elle était juive et j'ai dit non. Les Allemands réclamaient des juifs, en 42, toujours plus. La SNCF, la police, tout le monde s'y collait. J'ai dit que j'ignorais qu'elle était juive, et tu n'imagines pas la trouille que j'avais et comme il passait mal, ce mot : juif, pour une intonation douteuse il vous envoyait à la Gestapo.

Il attrapa une bouteille et but à la régalade avec un frisson d'écœurement. Dégueulasse ! Du birkenau 42. Arôme caractéristique de chair humaine en train de brûler.

— ... Elle me plaisait, cette Miriam, elle souriait quand elle me voyait passer à bicyclette, et j'étais malade à l'idée qu'on l'eût dénoncée. Zoff s'en est aperçu, car il m'a proposé un marché. Le jeu des étiquettes, tu te rappelles ?... On boit à l'aveugle, on devine le nom du vin et on décroche un lot. C'est tout ce qu'on veut, un lot. Une boîte de pâté, une paire de godasses, un manteau, une fille.

Il entendait la voix de Zoff ricaner, il l'entendrait toujours : « Encore une putain, une de ces sales truies des bas-fonds qui font du gringue à mes flics pour sauver leur peau... Si tu la gagnes elle est à toi, tu t'amuses quelque temps et tu nous la ramènes, elle a quel âge ? »

Il n'osait plus lever les yeux sur Ioura.

— ... Elle avait dans les vingt ans. J'ai relevé le défi. Zoff a débouché une bouteille et dit : je vais t'accompagner, petit, on n'est pas des monstres. Il a bu, j'ai bu. Il a dit : bordeaux, j'ai dit : bordeaux.

C'était la première fois qu'une vie humaine dépendait de moi. J'ai déclaré qu'il était bouchonné.

Après quoi, Zoff l'avait laminé. Il avait exigé qu'il finisse la bouteille et décrété que le jeu s'arrêterait quand il aurait indiqué non seulement la région d'origine, mais le nom du domaine et l'année. Il avait dû s'enfiler quatre bouteilles entières en écoutant Zoff déblatérer ses ignominies sur cette race de crevures élues dont ils allaient débarrasser l'Europe, une vraie belle action patriotique au service de l'avenir, et les bolchos non plus n'y couperaient pas, la France se relevait, elle écraserait la vermine. Et tant que lui, pauvre minus, se contenterait de remplir son sac à vin sans rien dire, parole de flic, la Fleischer resterait un nom bien accroché sur la liste des youpins qu'il s'apprêtait à coller au train...

— Maintenant goûte-moi ça et bouffe-lui le cul, à ce magnum.

On aurait dit que Zoff avait inventé une nouvelle forme de torture et qu'il se faisait un plaisir de gaver d'alcool, à mort, un flicaillon assez dégénéré pour vouloir s'interposer entre la loi raciale et ses représentants légaux. Il avait sorti une dernière bouteille, accordé une dernière chance, annoncé qu'il n'y avait pas matière à se tromper, l'enfance de l'art, la sainte Vierge en culotte de velours, et qu'une telle sainte, Judas lui-même te l'aurait déculottée.

— J'ai essayé de boire et je lui ai foutu la bouteille à la gueule, mais je n'y voyais plus clair, comme maintenant... Et c'était quoi, ce pinard, d'après toi ? Le même qu'il m'a fait reboire le jour de notre mariage, le fils de pute ! Un château-canon 1933, la grande année où la Gestapo fut créée.

Effondré dans le fauteuil, il n'arrivait plus à s'arracher les mots du corps. Il cherchait en vain le regard de Ioura parmi les goulots alignés.

— J'ai fini, je t'ai tout dit... La note de mise à disposition, c'est moi qui l'ai tapée. Zoff me l'a dictée le lendemain. Pour me punir de mon insubordination, pour m'achever.

Il écarta la lampe-tempête et reconnut Ioura dans un flou lunaire.

— Et toi, bébé, qui tu es ?... Ma femme, évidemment, tu n'y peux rien. Tu es l'épouse officielle de Michel Duval, détecteur assermenté en date du 23 mars 1942, le plus petit grade dans la police de Vichy.

16.

Petite fenêtre sur le passé. C'est une grosse blague, la Libération, pour Michel, la minute épique où la loi le sort de prison et le remet en selle, adoubé maquisard. Au procès, Zoff a témoigné devant la Commission d'épuration, il en a fait accroire. N'est-il pas un ancien des gardiens de la paix, un vrai résistant ? En 39, on l'a détaché à la première section des Renseignements généraux afin de renforcer la répression anticommuniste imposée par Daladier. C'est donc en qualité d'agent infiltré P2 qu'il est entré à la Brigade spéciale, dès 1941, sur ordre du Mouvement de libération nationale. Avec Duval et quelques ardents patriotes, ils ont « crevé » de nombreuses affaires, et, malgré leur répulsion, dû « payer » cette efficacité d'une activité policière de routine, conforme à l'air du temps. Pour quelques juifs battus ils en ont sauvé des palanquées. Médailles pour tous, champagne à la santé de la justice française ressuscitée. Michel a pourtant sous l'aisselle gauche une marque indélébile, un cercle rouge que des médecins allemands lui ont tatoué en septembre 44, au camp de Wildfrecken. O. Son groupe sanguin, l'affiliation magique à la Waffen-SS. MON HONNEUR S'APPELLE FIDÉLITÉ. Il y est resté cinq mois, sous la férule des *Totenkopf*, il s'est bien battu pour le nouvel ordre européen, en Poméranie. Quand les Ivans l'ont ramassé, les pieds gelés, il s'est fait passer pour un correspondant des *Propaganda Kommandos*, infiltré sur ordre du MLN, un Français libre, un héros. On le retrouve à Nice en mai 47, blanchi, décoré, et pour l'heure il a tout ce qu'il veut. Bellevue est en ruine, les caves dynamitées, le site pillé depuis des mois, mais il connaît les caches, les entrepôts souterrains des objets trouvés par les flics de Zoff en mission, la fortune est là sous les racines, amoncelée sur des rayonnages de fer, on dirait des bagages en attente à la consigne, il n'y a plus qu'à faire le tri pour voir de près le visage des millions qui vous posent un homme. Ali Baba descend des collines de Bellevue et claque en ville le flouze aryanisé, libéré par ses soins. Il a toute une cour de pique-assiette, il distribue grassement les pourboires et quand l'addition s'envole il est aux anges, il raque. Il rachète rue Lou-Gassin une librairie germano-yiddish à l'abandon, et là-haut il rachète vignes et vestiges. Il abreuve de chèques les bonnes causes de la région, les bonnes œuvres de la police, la municipalité reconnaissante, il n'a plus qu'à toupiller dans les galas qu'il fournit à l'œil en dives bouteilles pour devenir le chouchou. Il a trouvé sa voie du côté d'une philanthropie qui ne demandait qu'à rayonner en lui, il est couvert de femmes, et pas que des nullités friquées ou des poupées qui se verraient bien jeter leur grappin sur l'homme au pactole, porter son nom. Et quand il les pénètre, c'est son corps tout entier qu'il voudrait faire passer dans leur corps, c'est de leur peau qu'il voudrait s'emmailloter, cet amant terriblement enfantin. Ah, bien sûr, il dort mal, il rêve plus vrai que nature, on a beau rouler sur l'or on ne gruge pas indéfiniment la conscience, pauvre salaud. Quelquefois, pensant à tous ces juifs plumés qu'il a vu défiler dans les galeries templières, il sent peser sur lui des regards de mômes ou de femmes enceintes, et des remords bien caricaturaux le foutent en l'air. Où sont-ils, petiotes et petiots ? Ohé ! les moussaillons du Lebensborn, les moussaillonnes du Nacht und Nebel, vous êtes où ?... C'est le bric-à-brac des *raus* et des *schnell* qu'il a brûlé dans l'incinérateur du fort, à son retour, incinérateur allemand s'il vous plaît. Il a brûlé leurs effets personnels, leurs babioles de survie, il a vendu leurs bijoux, mis leur mémoire au feu, et tout ça avec la même âme de petit garçon.

17.

Réfraction. Il était huit heures du matin ce lundi 20 novembre 1974. L'enterrement commença par une messe à l'autel de la Vierge. Un harmonium invisible jouait pour les séraphins l'*Ave Maria* de Gounod. Le prêtre parlait si bas, ou dans un micro si mal réglé, que Charles n'entendit rien du compliment funèbre – et d'ailleurs fut-ce un compliment ? Et doit-on dire compliment ? oraison ? éloge ? Il existe plusieurs degrés, pour la liturgie. Suivant l'importance du défunt, son grade aux yeux du *Père*, comme disent les cathos de *stricte observance*, formule qui leur donne des frissons. Les *cathos...* songeait un Charles aux mains jointes, voilà un thème historique fort, paradoxal, à creuser dans un prochain bouquin.

Il se tenait au deuxième rang, debout parmi les chaises vides, son livre de messe ouvert à l'évangile du jour, sur le prie-Dieu. Il n'arrivait pas à se concentrer. Se concentrer sur la mort... Il regardait la lueur mauve du Saint Sacrement trembloter dans la lampe à huile. Ancien enfant de chœur, grand clerc à treize ans, il connaissait le propre et l'ordinaire en latin, et c'est en latin qu'il jugeait décent d'avoir la foi, *ad Deum qui laetificat juventutem meam*. Ma tante est au paradis, j'irai la voir demain. Elle était partie d'embolie, en toute simplicité. On ne l'avait gazée ni fusillée, *pulvis es et in pulvi reverteris*.

Adieu tata.

Remis du premier chagrin, celui qui met la douleur en veilleuse, il s'attendait maintenant à souffrir. On s'en veut tellement quand le sort frappe un être cher, en bon catho fidèle au besoin forcené d'être coupable, et jusqu'au sang de battre sa coulpe en attendant Godot.

Heureusement Charles avait son travail, heureusement l'Histoire existait. Sa tante avait achevé la sienne et, désormais, face à lui sur le mur du living-room, il ne verrait plus l'ombre sage de la jambe invalide au repos sur l'ottomane. Et cette ombre lui manquerait tôt ou tard, elle manquerait à son chat, la dernière ombre en vie qui lui restait.

Dehors, le prêtre aphone l'embrassa. M. Duval s'étant fait excuser, sans négliger l'envoi d'une gerbe condoléante, ils allèrent au cimetière ensemble à l'avant du fourgon. Là-bas, Charles jeta une fleur dans la fosse, œillet, camélia, une fleur. Le jour se levait.

A huit heures et demie, il ramassait le courrier aux éditions Eterna. Le chauffeur de M. Duval l'attendait pour l'emmener à Bellevue. Charles nota qu'il avait pris la Mercedes, le cabriolet crème utilisé par le Judenreferent SS Dannecker en personne lors de sa tournée d'inspection sur la Côte d'Azur en 1942, un séjour visant à planifier les rafles.

C'était la première fois qu'il avait droit au véhicule sacré, revendu avec les ruines du fort. Il s'assit derrière, à la placc du Judenreferent, ému aux larmes. Il pensait à sa tante, à la fierté qu'elle en aurait conçue. Dans un cendrier, il trouva le bout filtre écrasé d'une cigarette. Qui l'avait fumée ? Ioura ?... Il subtilisa le mégot, puis nota sur un carnet ses impressions du moment, notamment ce vers qui n'était pas de lui mais qu'il saisit dans sa mémoire comme une inspiration fiévreuse : *Laisse ton amour ruisseler sur tout ce qui vit.* Ah ! si l'homme n'avait pas inventé Dieu pour sanctifier le pouvoir qu'il usurpe sur les bêtes ou sur d'autres hommes assimilés aux bêtes et pas même dignes d'être mangés, ce seul précepte aurait mis à bas la nostalgie.

Comme il arrivait à Bellevue, escorté par les sycomores fantomatiques de la grande allée, Charles éprouva ce que Michel Duval avait ressenti le jour de son mariage en livrant à ses invités des lieux subjugués par une histoire immense, toujours active au revers des faits qui l'avaient délogée : il eut l'impression que le temps émergeait du temps, que le monstrueux pouvoir nazi bardé d'acier, blindé à mort de mépris, fine fleur du mal programmé, absolu, menaçait toujours la planète humaine et qu'un battement de cils intempestif aurait pu lui rendre forme et continuité.

Illusion, pensa-t-il ingénument, ne suis-je pas un peu voyant ?... Un jour qu'il mangeait un beignet sur la Promenade, il avait aperçu la Corse en lévitation dans la baie des Anges, et, pour se prouver qu'il ne rêvait pas, il s'était mis à dénombrer les caps et les tours génoises couleur d'huile chaude, les maisons pareilles à des sucres qui sautillaient devant lui dans une lumière d'outre-tombe, et, plus haut, le Monte Cinto croulant sous la neige. A la vérité, bien des Niçois flâneurs, en ce soir d'orage imminent, avaient pu admirer la Corse planant sans bouger à l'ouvert de la baie. Quant aux pilotes des zincs en vol, ils prévenaient à qui mieux mieux les aiguilleurs que leurs appareils de bord étaient fous, s'ils ne l'étaient pas eux-mêmes ; ils proposaient un amerrissage en catastrophe et la noria des hélicoptères pour évacuer les passagers.

Après quelques minutes de distraction, l'île de Beauté retrouvait sa place habituelle à cent milles au sud vrai du littoral, et Charles avait mangé froid son beignet.

RÉFRACTION HORS DU COMMUN, titrèrent les journaux du lendemain. Quand l'Histoire reviendrait, que titreraient-ils ? Et quand ce serait Dieu ?...

Meuh. « Les journalistes de France représentent Hitler comme un tribun déchaîné exploitant les haines les plus anormales. Il ne s'agit pas d'hystérie : rien de plus discipliné que ces foules. Il ne s'agit pas d'un tribun déchaîné, il élève rarement la voix, sauf à la fin. Il ne dit que des choses simples, raisonnables, parfois avec ironie mais sans amertume, et ses gestes sont souples. Il ne s'agit pas de haine, il s'agit d'amour. Il ne s'agit pas de politique, mais de religion, de cérémonies monumentales et sacrales en l'honneur d'un dieu nouveau, l'âme de la masse, l'obscur et puissant esprit de la Nation que le Führer est venu incarner, lui, le pur, le simple, l'ami et le libérateur invincible. Une ère nouvelle commence ici ! Chrétiens, retournez aux catacombes. Le ton du Führer, son alacrité, une façon plébéienne de prononcer les mots, la paix, la guerre, provoquent une émotion dont la sympathie n'est pas exclue. La dialectique du bien et du mal veut peut-être ces hypercompensations de l'Histoire, et à méconnaître le jugement que le fascisme dresse sur un monde déchu, on se prive de recueillir les forces ardentes qu'il détourne. »

— C'est tiré de la revue *Esprit*, mon cher, juillet 1933, une page signée d'un somptueux chrétien de gauche, un certain Emmanuel Mounier, lequel, si je ne me trompe, est l'un de vos chouchous.

Malgré lui, Charles admira l'air juvénile de cet homme de cinquante-deux ans, son mentor. Il ne venait plus aux Éditions. Il vivait reclus parmi les bouquins, mais le chagrin, pas plus qu'il n'avait entamé sa carcasse, n'avait altéré sa vision des choses. Il continuait à penser que les hommes ne bronchent pas d'une larme à travers les âges, torturant ou souffrant pour la bonne cause, mourant sans ciller à la place d'autrui.

— Cette époque de la première moitié du XXe siècle est à ce point défigurée par les littérateurs, et des têtes autrement fortiches que la vôtre, excusez-moi, qu'on ne veut plus rien savoir aujourd'hui du rayonnement émis par le fascisme au début des années trente. Nos plus beaux intellectuels s'en délectaient.

Ils étaient assis chacun à un bout de table, au bord de la piscine, Charles écoutait. Depuis douze ans qu'il avait ce gros livre en chantier, il ne s'en sortait pas. Il avait fini par demander conseil au diable lui-même, un diable qu'il comprenait de moins en moins. Une fois par mois, il venait reprendre sa copie, non pas corrigée mais caviardée, annotée de MEUH vachards en signe de protestation.

— Vous ne savez rien de l'effervescence patriotique, il faut l'avoir éprouvée dans sa peau, arborescence serait plus exact : les insignes fleurissaient aux boutonnières, les trois flèches de la SFIO, le casque et l'épée des Jeunesses patriotes, la croix byzantine à tête de mort, les Croix de feu, la faucille et le marteau, le coq de la Solidarité française, les Faucons rouges, les Francistes, le groupe Amsterdam-Pleyel, les bonapartistes, le Courrier royal, etc. Vous cherchez à dire l'indicible, pauvre garçon « né trop tard » dans un siècle ayant déjà craché son sang pourri. A quoi ressemblait l'époque de la Drôle de guerre, mais aussi de la drôle de paix qui court de 18 à 33 ? On aimerait bien le savoir aujourd'hui, le revivre pour avoir le cœur net ! Entre une Action française incapable d'action et ce journal de *Combat* qui combattait par la pensée sans jamais combattre, et cette prestigieuse revue *Esprit* qui voyait du romantisme à gogo dans les déviances germaniques, au nom de sainte Mère Culture, et ce marxisme effroyablement diviseur de société qui ne semblait vouloir mécaniser l'Histoire que pour mécaniser l'homme...

— Mon livre est un roman, monsieur Duval, fit Charles, vexé. Le roman de la pitié pour ces temps obscurs de l'ère nazie ; un roman qui prend en charge le contenu poétique du passé.

— C'est vous qui faites pitié, mon garçon. Gardez vos sanglots pour votre tante, Dieu ait son âme. Vous ne pouvez pas pleurer six millions de juifs, deux millions de Polonais, un million de Serbes, cinq millions de Russes, l'océan n'y suffirait pas. Et sachez une chose : face à certains événements comme le furieux programme de *Mein Kampf*, auquel nous nous sommes soumis bon gré mal gré, il y a une impossibilité des mots, bien supérieure à leur vérité. Il y a même une supercherie du discours prétendument happé par l'objectif.

— Et comme ça tout le monde a raison..., marmonna Charles.

Dans son manuscrit, par la voix d'un étudiant des années soixante ayant mis la main sur le journal de son père, un fonctionnaire de Vichy mort de désespoir, il dressait le portrait d'un pays vaincu par Hitler, mais unanime à traiter l'occupant par un mépris tout gaulois en attendant de retourner en découdre.

— Votre dernier chapitre est stupéfiant, poursuivait Michel. Ou plutôt désarmant.

Dans ces pages qu'il s'était lues à voix haute, Charles racontait, preuves à la clé, l'indignation générale soulevée chez ses compatriotes par la signature d'un armistice en juin 1940 : le 22 avec le Reich, le 24 avec l'Italie. Et, bien sûr, par la nouvelle que l'armée – ce qu'il en restait où qu'elle se trouvât, général ou troufion au Maghreb – désarmait.

— Balivernes !... En effet les gens pleuraient,

mais de soulagement. Personne n'aurait songé à critiquer Pétain. Un chef de guerre, un vainqueur, il avait fait détaler les Allemands à Verdun et ça détalerait à nouveau... Le bordel s'arrêtait, on soufflait, on pouvait saucissonner au bord de la route, oublier cette lame de fond. Papa-maman-la-bonbonne-et-moi, disait Blondin. Je parle d'un moment précis, juin 40, aucun mauvais esprit d'ailleurs, et ma conviction c'est qu'au grand jamais, les années passant, nous, les Français, ne nous serions laissé doryphoriser ou déguiser en gardiens d'un musée France contrôlé par les Chleuhs, jamais... Ce qui ne change rien au petit père Pétain, ce demi-farceur. Admettez qu'avec lui c'est la victoire de la trotteuse. A Verdun il gagne du temps, rien d'autre, il se contente d'enliser ses troupes en attendant les renforts américains, il met fin aux attaques-boucheries à la Nivelle... Et, ne vous en déplaise, c'est exactement ce qu'il refait en 40 : il gagne du temps, il sympathise avec l'ennemi pour tuer les heures impies, il compte sur tonton Roosevelt...

Il tressaillit, l'oreille tendue.

— Qu'est-ce que je disais ?... Ah oui !... L'arrêt des combats entre l'Atlantique et les Alpes, et ce, pour mettre un terme au chaos.

Il fixa Charles et reprit à voix basse :

— ... Elle va mieux. Ce n'est pas gagné, mais elle va mieux. Déjà elle mange moins, elle a maigri. Oh ! je sais bien qu'elle fait disparaître la nourriture du frigo, mais c'est une ruse à la Pétain. On revient de loin, vous savez. Elle s'est remise à rire, à lire, c'est bon signe. Écoutez-moi bien, elle pense que vous écrivez un roman sentimental et qu'elle en est l'héroïne, et moi le personnage clé. Ne l'oubliez pas quand vous la verrez. Une bluette, d'ailleurs, vous devriez y songer, avec du plein air et des femmes nues. Mais revenons à vos moutons : votre étudiant ne devrait-il pas se louer que cette France en capilotade, occupée, sectionnée, ait conservé son unité nationale, autrement dit que le gouvernement n'ait pas foutu le camp ?

La voix moqueuse, il décrivit ces heures étranges où les dirigeants regroupés à Bordeaux se cherchaient un point de chute. Les colonies ? Alger ? Le réduit breton ? Un bon vieux contre-torpilleur ancré dans quelque non-lieu diplomatique au plus près des côtes ?

— Imaginez le bordel, et dans ce bordel, les Français n'imaginant pas une seconde que leurs chefs, aussi paumés qu'eux, puissent leur fausser compagnie...

Ses index dressés sur les tempes et le menton en avant, il s'écria :

— MEUH pour avoir écrit cette énormité : *Déjà l'amiral Darlan concoctait sa contre-attaque... !* Une allitération hugolienne, je présume, le bruit vengeur du barillet gaulois... Pauvre Darlan ! Un mètre soixante-deux sous la caisse à boulons cerclée d'or... Alors un bon conseil pour conclure : soyez sage et ne publiez jamais ce torchon déguisé en serviette, même en danger de mort.

Sans qu'on l'eût entendue s'approcher, Ioura fut là, pieds nus sur les dalles, un drap de bain rose autour du corps.

— Mon bébé, dit Michel, bien réveillée ?...
Charles vient d'enterrer sa tante, il m'apportait la
suite de son roman.

Quand elle s'avança pour l'embrasser, Charles eut
une impression bizarre. Il y avait deux mois qu'il
n'avait pas vu Ioura. Depuis qu'elle était revenue de
l'hôpital après sa crise de nerfs. Elle se mouvait toujours avec la même sensualité, la même nonchalance
féline, mais elle était livide, les cheveux en désordre,
les paupières pochées d'insomnie. Elle lui prit les
mains et Charles remarqua ses ongles rongés.

— C'est un merveilleux roman, dit Ioura. Comment pouvez-vous me connaître aussi bien ? Je ne
mérite pas ces compliments... Michel m'en lit un peu
tous les soirs, j'aimerais tant que ça ne finisse pas
mal.

— Ça ne finit pas, dit son mari, rassure-toi, c'est
un amour sans fin... Il me reste un ou deux mugis-
sements à pousser dans l'oreille de Charles, et je suis
à toi.

Elle eut un sourire d'une infinie tristesse et
Charles respira un souffle chargé d'acétone. Puis
Ioura s'éloigna.

— Vous avez vu comme elle est jolie ? dit Michel.
Il enchaîna sur le rôle de ces vieux militaires
somme toute assez contents de voir que leurs fils
avaient perdu la guerre, en 1940, alors qu'ils avaient
gagné la leur, en 1918. L'éternelle jalousie des
pères...

— Il faut faire quelque chose, monsieur Duval.

— A quel sujet ?

— Elle boit.

— Je vous ai dit qu'elle allait mieux, pas davantage... Elle a pris le vin en grippe. Si je l'écoutais, j'arracherais mes vignes et je planterais des fleurs ou des bananes pour nourrir les poissons.

— C'est une alcoolique, il faut la faire soigner.

— On en est tous là, mon garçon, regardez-vous.

— Si vous ne le faites pas, je le ferai.

A ces mots, Michel attrapa Charles par le col de sa chemise ; il était blême de rage.

— Sale petit fouille-merde, tu vas dégager !

Charles arrivait à peine à respirer. Prenant la main qui l'étranglait, il voulut desserrer la prise. Il exultait. Elle vivait pour de bon, l'Histoire, elle ne se réfractait plus au-dessus des mots, elle écrasait sa carotide et lui projetait sa haine à la figure, elle avait cette gueule de tueur, comme l'autre jour à l'Étoile de David.

— Je dois vous dire, annonça-t-il d'une voix rauque, oui, j'ai toujours su, pour vous.

Il rajustait sa cravate, frissonnait d'épouvante et d'excitation.

— Toujours !... Je n'ai souhaité travailler aux éditions Eterna qu'après être allé m'assurer en mairie qu'on disait vrai, pour Daniel Duval alias Michel, qu'il avait fait partie des polices parallèles, et même de la Waffen-SS en Poméranie, fin 44... Un as de la division Charlemagne. Belle thèse en perspective, pensais-je, bon livre. Et vous m'avez engagé. Chaque jour j'étais au vivarium à deux pas du serpent. Vous êtes un spécimen, monsieur Duval, et il en faut pour concevoir les antidotes, progresser, mais, avec les années, je me suis attaché à vous. Non pas comme l'avocat s'attache à l'assassin, mais comme un... Je ne trouve pas le mot, je ne veux pas le trouver, non. Et j'ai souffert quand vous avez souffert du cœur. Et j'ai détesté quand vous êtes tombé amoureux, j'ai cru que l'assassin était mort en vous, que je ne pourrais jamais analyser son venin...

Il rassemblait ses papiers sur la table.

— ... Mais que vous alliez la tuer, elle, la femme que vous aimez, ça non, je ne l'avais pas prévu. Moi, c'est aux hommes que j'en veux, peut-être bien, mais vous, c'est aux femmes. Vous ne les aimez tant que pour les châtier, les immoler.

Il quittait la pièce.

— Je n'arrive pas à vous détester, c'est mon drame. J'aurais tant aimé que vous fussiez un salaud, un vrai.

Un amour sans fin. Tout habillée Ioura sombrait dans le sommeil, pelotonnée en chien de fusil. Il percevait une respiration régulière et quand il éteignit sa lampe, le déclic ne la réveilla pas. Il se pencha, tâtonna sous le lit et soupesa la bouteille de Jack Daniel's. Rassuré, il s'étendit à son côté. Encore un jour de gagné. Depuis deux mois il craignait qu'elle rechute, fugue ou soit repêchée sans vie dans la piscine, sans vie n'importe où. Il avait fait murer les caves après la nuit qu'ils y avaient passée, Ioura exigeant tous les détails de ses forfaits, détails qu'il s'était fait la délicieuse violence de lui infliger comme s'il débridait un panari, guérissait en l'empoisonnant. Elle ne l'avait pas quitté. On aurait dit que cette descente à la cave l'avait attachée fatalement à cette maison, à lui, et qu'ils n'étaient plus qu'une seule et même chair. Une seule chair, quand on s'aime, une seule âme... Elle se vengeait en buvant du whisky, cédant à une douceur suicidaire qui se changeait en furie dès qu'il voulait la sevrer. Elle désirait qu'il eût un jour sa disparition sur la conscience et que ce petit feu le mît au supplice. Il se consumait déjà.

Elle s'agita au cours de la nuit, se mit à parler d'une voix rêveuse et rieuse, trahissant comme une double vie nocturne avec le fantôme de l'écrivain Salinger qu'elle rejoignait dans son sommeil.

— Ils en ont de la chance les poissons-bananes.

— Pourquoi ?

— Ils n'existent pas.

— C'est peut-être ça qui les rend nerveux.

Il entendit Ioura farfouiller, elle cherchait sa bouteille, il lui prit la main.

— Je vais te lire la suite du roman de Charles, il te connaît si bien.

— Lis-moi le début... C'est au début qu'on est heureux.

Lui caressant la main, cette main qu'il avait un jour caressée pour la première fois, Michel conta cette aventure sans fin qu'il improvisait chaque nuit quand elle voulait boire en dormant :

— *Si Ioura ne s'était pas mise à parler dans son sommeil, ce roman serait sans doute une autre histoire et n'aurait d'ailleurs aucune raison....*

Table

Yann Queffélec
dans Le Livre de Poche

Les Affamés n° 30800

« *Les Affamés* sont tous ceux que je fus ou m'imaginais devenir autrefois – gosses rêveurs, menteurs, casse-cou, voyeurs, adolescents violents, trouillards, généreux –, trop seuls pour avoir quelque chose à donner ou trop avides pour être attirants. Ils n'obéissent qu'aux lois du désir, ne cherchent que l'amour, la proie, tour à tour innocents, pervers, dépravés. Héros enfantins, ils ne seront jamais tout à fait grands ni satisfaits. Avec *Les Affamés* je revis bien des erreurs que j'ai faites pour ne plus être un insatiable paumé. Mais la jeunesse – le bel âge à vif – est un climat dont on ne réchappe pas toujours, et dans ce cas une fatalité. » Y. Q.

Boris après l'amour n° 30121

Cornouaille, 2002. Célibataire fortuné, l'aventurier breton Richard Dorval caresse une dernière lubie : ne pas mourir sans avoir donné une leçon à sa trop honorable famille. Le partage de ses biens, une donation entre vifs, a de quoi rendre méfiants les ayants droit. Pourquoi cette mise en scène au manoir de Trémazan où l'oncle vit, soi-disant, ses derniers jours ? Pourquoi cette clause farfelue qui retarde d'un an le paiement des énormes chèques remis aux intéressés ? Et surtout, qui est cet héritier de dernière seconde ? D'où sort-il, ce Boris ? Tu le connais, toi, maman ?

Happy Birthday Sara   n° 14795

Alors que sa famille et son petit ami l'attendent pour fêter ses dix-huit ans, Sara s'est embarquée comme serveuse sur l'*Estonia*, un ferry-boat assurant la traversée de Tallin à Stockholm. Son but : savoir pourquoi, un an plus tôt, son père a été renvoyé de la marine pour avoir fait faire demi-tour à ce même navire, en pleine traversée. Une décision sur laquelle il ne s'est jamais expliqué. Au plus fort de la tempête, entre les lumières des salons-bars et les obscures entrailles du navire, elle va découvrir les menaces et les chantages qui s'exercent sur le commandement au point de mettre le bâtiment en péril. Yann Queffélec nous entraîne dans un thriller maritime haletant, mené à un train d'enfer. Il se sert de la fiction pour nous proposer, sur le naufrage bien réel de l'*Estonia* en 1994, une explication d'une inquiétante vraisemblance.

Ma première femme   n° 30837

« Un homme revient sur son enfance – il est peut-être mon double, mon agent le plus secret. J'ai peut-être essayé, avec l'exploration d'un souvenir défiguré par les années, mais aussi régénéré par le roman, de dessiner pour la première fois le visage de ma mère à qui je dois d'aimer autant la vie. Aime et fais ce que tu veux : tel était son credo sur la fin. Et jour après jour, je puise un certain réconfort dans la pensée d'être son fils et de l'avoir si bien connue. Si bien ?... » Y.Q.

Il est amoureux mais incapable d'aimer. Elle fait monter la pression atmosphérique, elle rend l'air suffocant. Ils connaissent tous les trucs du jeu mortel qui consiste, pour les époux, à se faire aussi mal qu'ils se font bien l'amour, jusqu'à ce que l'un des deux, touché, soit coulé.
Il revient de loin, ce couple modèle, et qui sait par quel aveuglement il se croit né sous le signe du grand amour...

Du même auteur :

Romans

LE CHARME NOIR, Gallimard, 1983.
LES NOCES BARBARES, Gallimard, 1985. Prix Goncourt.
LA FEMME SOUS L'HORIZON, Julliard, 1988.
LE MAÎTRE DES CHIMÈRES, Julliard, 1990.
PRENDS GARDE AU LOUP, Julliard, 1992.
DISPARUE DANS LA NUIT, Grasset, 1994.
NOIR ANIMAL, Bartillat, 1995.
LE SOLEIL SE LÈVE À L'OUEST, Bartillat, 1996.
LA FORCE D'AIMER, Grasset, 1996.
HAPPY BIRTHDAY SARA, Grasset, 1998.
OSMOSE, Laffont, 2000.
BORIS APRÈS L'AMOUR, Fayard, 2002.
VERT CRUEL, Bartillat, 2003.
MOI ET TOI, Fayard, 2004.
LES AFFAMÉS, Fayard, 2004.
MA PREMIÈRE FEMME, 2005.

Autres ouvrages

BELA BARTOK, biographie, Mazarine, 1981 ;
édition revue et corrigée, Stock, 1993.

LE POISSON QUI RENIFLE,
livre pour enfants, Nathan, 1994.

LE PINGOUIN MÉGALOMANE,
livre pour enfants, Nathan, 1994.

LE SOLEIL SE LÈVE À L'OUEST, beau livre,
photographies de Jean-Marc Durou, Laffont, 1994.

HORIZONS, beau livre,
photographies de Philip Plisson, Le Chêne, 1996.

TOI, L'HORIZON, beau livre, Cercle d'art, 1999.

IDOLES, beau livre,
peintures de Jeanne Champion, Cercle d'art, 2002.

LA MER, beau livre,
photographies de Philip Plisson, La Martinière, 2002.

Composition réalisée par PCA

Achevé d'imprimer en juin 2008 par
MAURY Imprimeur
45330 Malesherbes
Dépôt légal 1ʳᵉ publication : juillet 2008
Librairie Générale Française – 31, rue de Fleurus – 75278 Paris Cedex 06

31/1920/3